KB123971

이것이 삶이다

이것이 법이다 13

2016년 8월 2일 초판 1쇄 인쇄
2016년 8월 9일 초판 1쇄 발행

지은이 자카예프
발행인 이종주

기획 팀 이기헌 송윤성
책임 편집 최전경

발행처 (주)로크미디어
출판등록 2003년 3월 24일
주소 서울시 마포구 성암로 330 DMC첨단산업센터 3층 314호
Tel (02)3273-5135 **Fax** (02)3273-5134
홈페이지 rokmedia.com **E-mail** rokmedia@empas.com

ⓒ 자카예프, 2015

값 8,000원

ISBN 979-11-5960-889-6 (13권)
ISBN 979-11-255-9575-5 04810 (세트)

이것이 법이다

13

자카예프 장편소설

ROK
MEDIA
로크미디어

CONTENTS

집어삼키기

딸깍.

상자가 열리자 광문식은 그대로 주저앉았다. 모든 것이 무너진 듯한 얼굴이었다. 노형진은 그런 광문식을 보면서 그 안에 있는 것이 단순한 물건이 아님을 알아차렸다.

"할 말 있나?"

"⋯⋯."

하지만 광문식은 아무런 말도 하지 않았다. 아니, 할 수가 없었다. 지난번에 사건은 단순히 검사로서의 커리어를 끝낸 것이지만 이번에는 사람으로서의 인생을 끝낸 것이나 마찬가지이기 때문이다.

그를 바라보던 노형진은 미리 준비한 녹음기를 탁자 위에 올려놓았다. 나중에 다른 말이 나오지 않게 하기 위함이었다.

"의뢰인인 최정화 씨의 변호사로서 이번 개봉을 확인합니다. 이 자리에는 의뢰인이자 이 임대 금고의 상속자인 최정화 씨가 계시며 또한 은행의 지점장과 은행 직원 여러분들 그리고 경찰 두 분이 동석하고 계십니다."

노형진은 확실하게 하기 위해서 주변을 둘러보면서 말을 했다. 그러자 지점장은 애써 고개를 끄덕거렸다. 경찰은 단순 분란으로 출동했다가 상황이 이상하게 돌아가는 걸 알고는 광문식의 도주로를 차단하면서 고개를 끄덕였다.

노형진은 그 안에 있는 서류를 꺼내 들었다. 몇 가지 유가증권과 잡다한 서류들. 중요하다면 중요한 물건들이지만 노형진에게는 중요한 것이 아니었다.

"어디냐……. 어디에 있는 거냐……."

노형진은 한참은 뒤적거리다가 맨 아래 있는 서류를 찾아냈다. 하얀 봉투에 고운 필치로 적혀 있는 단어, '유언장'.

"찾았습니다. 유언장입니다."

노형진이 유언장을 꺼내 들자 사람들이 침을 꿀꺽 삼켰다.

"유언장을 개봉하겠습니다."

노형진은 천천히 유언장을 개봉했고 그 안에서 자필로 작성된 유언장을 꺼내 들었다.

"낭독하겠습니다. 이 유언장은 변호인인 광문식의 입회하에 작성되었으며 본인의 사망 시 변호사 광문식을 이를 공개

할 대리인으로 지정합니다. 이는 본인이 사망하고 난 후 일주일 이내에 시행되어야 합니다."

노형진은 거기까지 읽고는 주저앉은 채로 부들부들 떨고 있는 광문식을 바라보았다.

'일주일? 일주일 같은 소리 하고 있네.'

벌써 몇 달이 지났고 광문식은 그걸 철저하게 감췄다.

'그래서 서양에서 유언장을 만들 때 증인을 세우는 거라고.'

우리나라에는 아직 유언장을 만들 때 증인을 세우는 문화가 없지만 외국에서는 유언장을 만들 때 언제나 증인을 세운다. 그래야 이런 쓸데없는 욕심을 부리지 못하기 때문이다.

"광문식 변호사, 이에 대해서 할 말이 있습니까?"

"그…… 그건 내…… 내 권한이야……. 공개 시기는……."

애써 변명했지만 노형진에게는 그저 발악으로 보일 뿐이었다.

"아까도 말했지만 당신에게는 유언장을 집행할 권한만 있지, 다른 것에 대한 권한은 없을 텐데요?"

"……."

광문식은 아무런 말도 하지 못했다. 노형진은 다시 천천히 유언장을 읽기 시작했다.

"나 최갑환은 다음과 같이 유언을 남긴다. 첫째, 내 전 재산 중……."

그 내용은 복잡했지만 간략하게 설명하면 그 재산의 대부분을 아내와 딸에게 남긴다는 내용이었다. 그걸 들은 최정화는 눈물을 펑펑 흘리면서 다시 한 번 고개를 숙였다. 그리고 그 분위기에 다들 엄숙하게 고개를 숙였다. 하지만 노형진은 그게 중요한 게 아니라는 것을 알고 있었다.

'전 재산을 남기면 뭐하냐고. 그러니까 그 전 재산은 어디에 있느냐고.'

노형진은 애써 마음을 진정시키면서 다시 상자 안쪽을 뒤졌다. 그러다가 맨 아래에 있는 하얀 봉투를 보고는 눈을 반짝였다. 아무런 표시도 되어 있지 않은 봉투였지만 그 봉투만으로도 그 안에 뭐가 있는지 아는 데에 어려움이 없었다.

"다음 봉투를 개봉합니다."

노형진이 그 봉투를 꺼내자 이제는 아예 사색이 되어 버리는 광문식.

노형진은 그런 그를 무시하고 봉투의 내용을 확인했다. 그리고 승자의 미소를 지으면서 천천히, 그러나 확실하게 읽기 시작했다.

"다음과 같이 증명합니다. 채무자 남궁혁우는 채권자 최갑환에게 총자산 120억을 빌리는 것을 증명합니다. 이에 대하여 연 10%의 이자를 지급하기로 약속합니다."

"거짓말! 아니야!"

광문식은 비명을 질렀지만 그럴 수가 없었다. 그다음 문건에서 너무나도 확실한 증거가 나온 것이다.

"증인 광문식. 공증 법무 법인 백호."

증인인 광문식은 어차피 범죄자로 연관되어 있으니 믿을 수가 없다. 하지만 공증이 붙어 있다면 전혀 다른 이야기가 된다.

"자, 공증받은 법무 법인에 가서 확인하면 뭐라고 할 것 같나?"

"으……"

광문식의 눈이 그 순간 휙 돌아갔다. 그는 노형진에게 달려들었다.

"이 개새끼! 너 때문이야! 네놈만 없었더라도! 죽여 버릴 거야! 내 인생이 너 때문에 망가졌어!"

"막아!"

"잡아!"

그러나 그런 그의 행동은 바로 뒤에서 기다리고 있던 경찰 때문에 이루어질 수가 없었다. 그가 튀어 나가자마자 바로 경찰이 그를 찍어 눌렀기 때문이다.

"으아아아아!"

"개소리하고 자빠졌네."

노형진은 깜짝 놀라서 뒤로 주춤주춤 물러나 목을 스윽 문질렀다.

'순간 놀랐네. 씨발.'

절망적으로 소리를 지르는 광문식과 반대로 최정화는 이 사태를 이해하지 못해 어리둥절한 얼굴을 하고 있었다. 하긴 아직 상황에 대해 설명해 주지 않았으니 당연한 일일지도 모른다.

"저기요, 노 변호사님. 이게 어떻게 된 거예요? 무슨 일이 벌어진 거죠?"

"쉽게 말해서 사기당하신 겁니다."

"네? 사기라니요?"

노형진은 일단 금고 안에 다시 해당 물품들을 넣었다. 지금 상황에서 가장 안전한 곳은 그곳이니까.

'지금쯤 중앙에서 열나게 사람이 달려오겠지.'

지금 해야 하는 것은 그녀에게 지금의 상황을 설명하는 것.

노형진은 그녀와 함께 금고 바깥으로 나와서 그녀를 의자에 앉힌 뒤, 지금까지 벌어진 일에 대해 천천히 설명하기 시작했다.

"쉽게 말해서 애초에 빚이라는 것은 없었던 겁니다."

"빚이 없었다고요?"

"네."

애초에 빚을 진 사람은 최갑환이 아니라 남궁혁우였다. 그리고 그가 줬던 25억은 빌려준 게 아니라 빌려 갔던 120억의 일부를 상환한 것일 뿐이었다. 그런데 그게 알려지지 않은 상황에서 최갑환이 죽자 광문식과 남궁혁우는 둘이서 짜고 재산을 집어삼킬 음모를 짠 것이다. 그래서 120억에 대해서는 모른 척해 버리고 대신에 통장에서 넘어간 25억을 빚이라면서 요구한 것이다.

"애초에 빚이라는 건 없습니다. 아니, 있기는 하지요. 하지만 그건 당신이 갚아야 하는 것이 아닌 받아야 하는 빚입니다."

"120억을요?"

"정확하게는 그 이상이죠."

원금은 120억이다. 하지만 이자가 1년에 10%, 그러니까 12억이다. 기간이 2년이니 24억. 실질적으로 그들이 준 돈에서 갚은 돈은 1억뿐이다.

"그…… 그런……."

너무나 당황스러운 사태에 최정화는 아무런 말도 못 하고 멍하니 있자 노형진은 그런 그녀의 머리를 슥슥 쓰다듬었다. 그러다가 아차 했다.

'아, 이러면 안 되는데.'

과거의 버릇이 나온 것이다. 하지만 이제는 언젠가는 끝나야 하는 인연.

"일단은 이번 사건은 제대로 사기당하신 겁니다. 이제 그 돈을 찾는 일만 남았습니다."

⚖

사건은 빠르게 진행되었다.

광문식은 사기죄로 잡혀 갔고 남궁혁우 역시 사기죄로 고발되었다. 그러나 남궁혁우 역시 그냥 앉아서 돈을 줄 생각이 없었다.

"웃기지 말라고 그래! 법대로 해!"

법대로 하자면서 고래고래 소리를 지르는 남궁혁우. 그의 손에는 돈을 빌렸다는 증명서가 있는 상황.

"글쎄요. 법대로 하면 우리가 유리할 텐데요?"

이쪽에는 공증받은 서류가 있는 상황이다. 심지어 그 당시 녹음 내역까지 있다. 하지만 남궁혁우는 당당했다. 아니, 뻔뻔하다고 해야 할 것이다. 그럴 수밖에 없었다. 무려 수백억이 달린 일이 아닌가?

"그건 다 갚았다고! 우리 사업이 잘돼서 다 갚고 도리어 돈을 빌려준 거라니까!"

끝까지 발악하는 그였다. 문제는 그것 역시 가능한 일이라는 것.

"뭐, 법대로 합시다."

애초에 노형진은 합의될 거라 생각하지 않았다.

저쪽은 물러나는 순간 엄청난 손해를 볼 테고 이쪽은 인생 자체가 파탄 날 테니까.

"경비! 이 새끼들 쫓아내!"

결국 경비원을 불러서 자기 회사에서 노형진과 최정화를 쫓아내는 남궁혁우. 노형진은 그다지 기대도 하지 않았기 때문에 그저 어깨를 으쓱할 뿐이었다.

"어차피 뭐라고 지껄일지 궁금해서 온 거니까 그다지 마음에 두지 마십시오. 애초에 이 정도에서 사과하고 물러날 인간이라면 사기를 치지도 않았을 테니까요."

"하지만……."

여전히 그는 아버지의 도장이 찍혀 있는 차용증을 가지고 있다. 당연히 그걸 가지고 싸우려 할 것이 뻔하다.

"그 부분은 제가 생각이 있습니다."

노형진은 그렇게 말하면서 상우를 바라보았다. 그리고 실소를 보냈다.

"세상은 그렇게 만만하지 않거든요."

⚖️

결국 민사로 진행된 재판.

노형진은 금고에서 나온 차용증을, 남궁혁우는 가지고 있는 차용증과 더불어 자신이 모든 빚을 변제했다는 확인증을 증거로 제출했다.

"친애하는 재판장님, 이 증거에서 보다시피 피고 남궁혁우는 모든 빚을 변제하였습니다."

"무려 120억에 달하는 빚입니다. 그런데 그걸 한 번에 갚았다는 것이 말이 안 됩니다. 더군다나 애초에 그만한 돈이 있다면 빌릴 이유가 없지 않습니까?"

"상우는 지난 몇 년간 빠르게 그 성장세를 유지하고 있습니다. 을제 3호증에서 보다시피 매달 매출액이 배로 뛰는 경우도 있었습니다. 그러니 그걸 변제하는 것이 불가능한 것은 아닙니다."

"이 빚은 상우가 아닌 남궁혁우의 빚입니다. 아무리 상우의 판매량이 늘었다고 하더라도 그걸 상우가 갚을 이유는 없습니다."

"상우는 주주 회의의 동의를 얻어서 집행한 것입니다."

"그런데 그게 나갔다는 흔적은 없잖습니까? 그리고 남궁혁우가 가진 주식이 96%로 실질적으로 말이 주식회사이지, 남궁혁우 개인의 기업 아닌가요?"

"법적으로는 상관없습니다만?"

티격태격하는 두 변호사. 상대방 변호사도 상당한 돈을 받았는지 결사적으로 달라붙었다. 그런데 노형진이 보기에 상대방 변호사 이상의 골칫거리는 흐뭇한 표정으로 상대방 변호사를 바라보고 있는 판사였다.

'저 새끼가 뇌물을 쓴 것 같단 말이지.'

아무래도 재판을 하다 보면 일종의 흐름이 보이기 마련이다. 그런데 판사는 은근슬쩍 상대방의 편을 들어 주는 것이 보였다. 애초에 상대방을 보면서 흐뭇한 미소를 지을 이유가 없지 않은가? 그렇다면 이유는 하나. 저쪽에서 어떻게 해서든 손을 썼다는 것.

'얼마나 손을 썼는지 모르겠지만 이거 골 때리네.'

이쪽에서 공증을 했다고 하지만 상대방은 최갑환의 차용증와 변제 완료 증명서를 가지고 있다. 즉, 판사가 변제 종료 후 최갑환이 빌린 것이라고 볼 만한 증거는 된다는 것이다.

'결국 저 서류가 문제군.'

노형진은 최갑환이 썼다고 하는 차용증를 바라보았다.

'최갑환이 저걸 진짜로 썼을 수는 없다. 그렇다면 누군가 썼다는 건데, 도대체 도장을 어떻게 구한 거지?'

최갑환의 도장은 여전히 최정화가 가지고 있다. 그러니 그걸 훔쳐서 찍었을 가능성은 제로나 마찬가지.

"이번 사건의 증거가 부족하군요. 다음 기일까지 추가적인 증거를 제출하시기 바랍니다."

"끄응……."

아니나 다를까, 판사는 은근슬쩍 저쪽의 편을 들어 주고 있었다. 만일 정상적으로 판단했다면 공증을 받은 이쪽이 훨씬 유리할 텐데도 불구하고 기일을 차일피일 미루고 있는 상황.

"노 변호사님, 어떻게 하죠?"

"글쎄요. 도대체 도장을 어디서 구했는지 알 수가 없군요."

최정화나 최정화의 어머니가 찍어 주지 않는 이상 구할 수 없다는 소리가 된다.

'더군다나 저 변제 증명서…… 영 찝찝하단 말이야.'

보통 사람은 같은 사건에 대한 서류를 함께 보관하기 마련이다. 그래야 확실하게 정리하기도 쉽고 기록하기도 쉽다.

그런데 저 변제 증명서는 분명 초반에는 없는 서류다. 노형진이 유언장과 채권 증명서를 발견한 상황에서 나온 것. 즉, 누군가 조작했을 가능성이 높다.

'글자야 뭐, 프린터로 뽑는 것이니 다 똑같다고 치고.'

결국 남은 것은 다름 아닌 도장이다. 도장을 어디서 구했는지 노형진은 도무지 알아낼 수가 없었다.

그렇게 시간이 지나고 변호사들의 싸움만 길어져 갔다. 그런 상황에서 의외로 타개책을 만들어 낸 것은 유명한이었다.

"결국 시간이 제법 걸리네유."

"아무래도 그렇지요."

상대방이 작심하고 덤비다 보니 노형진과 유명한은 계속 싸움을 하고 있었는데, 이제는 지칠 지경이었다.

"결국은 저들이 가지고 있는 차용증과 증명서가 문제입니다."

"차용증은 그냥 위조하면 안 되나유?"

"그거야 위조가 쉽지요. 하지만 그렇다고 해도 도장을 위조하는 건 쉬운 게 아닐 텐데요."

"네?"

"도장 말입니다. 도장 자체야 파는 게 어려운 일이 아니지만 어디에 가든 그걸 똑같이 파 줄 사람은 없습니다."

도장을 파는 사람들은 얼마 안 된다고 무시하고들 하지만 사실 도장을 파는 것 자체가 엄청나게 예민한 일이다. 그럴 수밖에 없는 것이 도장을 똑같이 파 달라고 한다는 건 위조에 쓰겠다는 말밖에 되지 않기 때문이다. 그걸 아는 도장을 파는 사람들은 당연히 그렇게 파 주려고 하지 않는다.

"그거야 대충 쉽게 파내면 되지 않나유?"

"사람들이 안 파 준다니까요."

"그거야 대충 뽑아내면야……."

"뽑아내다니요. 도장이 무슨 가래떡도 아니고."

"기계로유. 요즘은 도장 파 주는 기계도 있잖아유."

"네?"

"도장 파 주는 기계유."

노형진은 멍하니 있다가 아차 싶었다. 그동안 미국에서 너무 오래 산 덕분인지 도장을 파는 것을 아직도 손으로 파 주는 것으로 착각했던 것이다.

'그렇지! 기계가 있었지?'

요즘은 도장을 파는 것도 그냥 기계에 수치를 입력하면 파 준다. 그 덕분에 과거보다 도장을 파 주는 사람이 늘어났다. 과거의 도장은 장인들이 일일이 손으로 파는 수동식인 반면, 지금의 도장은 그냥 수치를 넣으면 나오는 공산품에 가깝다.

"일단 그걸 확인해 봐야겠군요."

"근데 어떻게유?"

"어떻게 하긴요. 이 주변에 도장 가게가 몇 개인데."

아무래도 법원에서는 도장을 많이 쓴다. 변호사 사무실에서 도장을 많이 쓰는 편이다 보니 주변에 도장을 파 주는 가게가 몇 군데나 된다.

노형진은 서둘러 그런 곳으로 갔고 그들에게 질문을 하나 던졌다. 그런데 그들의 의견은 하나같이 똑같았다.

"도장 파는 거요?"

"네, 정확하게는 똑같이 파는 거요."

"흠……."

그 남자는 잠시 고민하더니 고개를 끄덕거렸다.

"수치만 안다면 어렵지 않죠."

"그런가요?"

"네."

"간단하게 시연해 주실 수 있을까요?"

"그거야 어렵지 않지만……."

"비용은 드리겠습니다."

도장 가게 주인은 고개를 끄덕거렸다.

"일단 시연용으로 쓸 도장이 필요한데."

"여기 있습니다."

"아."

노형진은 주머니에서 미리 준비한 자신의 도장을 꺼내서 건넸다. 일반적으로 쓰는 막도장이었다.

남자는 그걸 받아서 이리저리 보더니 피식 웃었다.

"이런 건 쉽죠."

"그럼요."

그는 일단 도장을 꾸욱 찍어서 형태를 만들었다.

"보다시피 이 도장이 찍혀 있죠? 이걸로 스캔하는 거죠."

스캔하고 난 후 그걸 그대로 프로그램으로 옮긴 그는 비어 있는 막도장을 넣고는 작동 버튼을 눌렀다. 그러자 '지잉' 하는 소리와 함께 작동하는 기계.

잠시 후, 노형진의 손에는 완벽하게 똑같은 도장 두 개가 들려 있었다.

"이런 건 아주 쉽거든요."

"그런데 보통 이런 식으로 안 해 주지 않습니까?"

"보통은 안 해 주는데 워낙 경쟁이 치열하다 보니까."

어깨를 으쓱하는 주인. 이는 즉, 그를 비롯한 보통 도장 주인들은 안 해 주기는 하지만 의외로 돈을 준다면 해 주는 인간이 있을지도 모른다는 뜻이다.

'하긴…… 그럴지도 모르겠군.'

세상에 돈을 마다하는 사람이 어디 있겠는가? 당장 돈만 주면 사람을 죽여 주겠다는 놈도 있는데 도장 하나 파 주는 거야 어렵지 않은 일일 것이다.

"변호사님의 말씀대로 도장을 똑같이 안 파 주는 건 못 파서가 아니라 나중에 문제가 될까 봐서예요. 만일 양심 없는 놈이라면 해 주는 건 일도 아니겠지요."

노형진은 고개를 끄덕거렸다.

"그럼 그걸 알아볼 방법이 있나요?"

"음…… 글쎄요? 뭐, 한 가지 방법이 있기는 한데."

노형진의 눈이 반짝거리기 시작했다.

다시 시작된 재판.

내용은 똑같았다. 사실 이건 판사가 저쪽 편을 들어 주지 않았다면 벌써 끝났어야 하는 재판이었다.

"그러니까 우리는 모든 돈을 갚은 후에 추가적으로 돈을 빌려준 겁니다. 이 모든 증거가 말해 주지 않습니까?"

"그건 그저 서류에 지나지 않습니다. 그에 반해서 우리 쪽은 공증까지 받은 서류들입니다. 그럼 누가 더 신빙성이 있습니까?"

"누가 그게 가짜라고 했습니까? 진짜 맞습니다."

아무리 남궁혁우라고 할지라도 직접 가서 공증까지 받은 서류를 가짜라고 할 자신은 없었던 모양이다.

"하지만 우리는 그 빚을 다 갚고 추가로 빌려준 거라니까요?"

"그럼 최갑환 씨의 그 돈이 다 어디로 갔단 말입니까?"

"나야 모르죠. 도박에 빠져서 강원랜드에 가져다줬는지."

"우리 아빠는 도박 안 해요!"

울컥하는 최정화. 노형진은 그런 그녀를 진정시키면서 남궁혁우를 무섭게 노려보았다.

'네놈이 과연 잠시 후에도 그렇게 느긋하게 노려볼 수 있는지 한번 두고 보자.'

노형진이 봤을 때 그는 일전에 돈 준 사실을 믿고 저러는 모양이었다. 하긴 보통은 그게 먹힌다. 하지만 확실한 증거를 들이밀면 아무리 판사라 해도 어쩔 수가 없다. 2심에 올라가서 뒤집혀 버리기 때문이다. 그랬다가 돈을 받은 게 드러나면 여러모로 곤란하니까.

"요즘은 도장 파는 기술이 많이 발전했지요. 그런데 피고는 최갑환 씨와 거래해서 그의 도장이 찍힌 서류를 가지고 있습니다. 당연히 그걸 가지고 복제할 수도 있지요. 안 그렇습니까?"

노형진은 슬쩍 던졌지만 별 반응이 없는 변호사와 다르게 최갑환의 얼굴이 살짝 떨리는 것을 놓치지 않았다.

'어쩐지.'

그렇게 보면 마치 짠 것처럼 나온 모든 서류들이 죄다 위조된 것이라고 볼 수도 있다.

"증거 있습니까? 증거도 없이 그런 위험한 말을 하는 거 아닙니다."

딱 선을 그어 버리는 피고 측 변호사. 하지만 노형진은 이미 증거를 확보한 상태였다.

"증거요? 있습니다."

눈에 띄게 흔들리는 남궁혁우의 눈동자. 그리고 그제야 피고 측 변호사는 남궁혁우의 행동이 이상하다는 사실을 알아차렸다.

"존경하는 재판장님, 이번 재판에 시청각 자료로 갑제 22호증을 제출하는 바입니다. 전자현미경 사진입니다."

"전자현미경 사진?"

"웬 전자현미경?"

사람들은 고개를 갸웃했다. 이번 사건에서의 전자현미경의 역할이 뭔지 이해하지 못했기 때문이다. 하지만 노형진은 그 도장을 파 주는 사람이 했던 말을 기억하고 있었다. 도장을 파는 방식은 네 가지가 있다는 말.

'그리고 이건 절대 흉내를 낼 수 없지.'

노형진은 바깥에 신호하고 미리 준비한 전자현미경을 모니터와 연결했다.

"이 전자현미경은 과학용으로 사용되는 현미경으로 2,400배까지 사용되는 전문가용입니다. 당연히 일반적인 사람이 볼 수 없는 것을 보여 주지요."

노형진은 그 아래에 도장을 넣어서 그 내부를 확인했다. 그러자 그 안에는 무척이나 거친 표면이 나타났다.

"보이십니까? 이건 이 도장 내부의 상태입니다. 고인이신 최갑환 선생님은 이 도장을 그 당시 거래하던 도장 장인에게 팔았습니다. 그 당시에는 기계로 파는 방식이 불가능했습니다. 기계도 거의 없었고 도장 파는 기계 자체가 무척이나 고가여서 대부분의 도장집은 손으로 팔 수밖에 없는 시기였지요. 그래서 정밀해 보이지만 실상 그 내부는 이렇게 좀 거칠게 됩니다."

실제로도 도장을 파는 레이저 방식의 조각기는 2천만 원을 훌쩍 넘는 가격을 자랑한다. 한국에서는 그걸 만드는 기업이 없고 오로지 일본에서만 수입해야 하다 보니 기본적으로 가격이 오를 수밖에 없는 것이다.

노형진은 그 도장에 인주에 묻힌 뒤 종이에 찍은 것을 다시 현미경으로 확대했다.

"당연히 그렇게 거칠게 파인 도장은 도장을 찍어도 이것처럼 주변이 다듬어지지 않습니다. 물론 이 부분은 수공예의 한계라는 것이겠지요. 대신에 수공예로 판 도장을 복제하는 건 불가능합니다. 아무리 손으로 파도 의도하지 않은 미세한 흔적까지 재현하는 건 불가능하니까요."

노형진은 거기까지 말하고 남궁혁우를 노려보았다. 남궁혁우는 이제는 완전히 와들와들 떨고 있었다.

"하지만 기계로 만든 도장은 복제가 가능하지요."

노형진은 노트북으로 미리 촬영한 영상을 보여 줬다. 그의 도장을 도장 장인이 똑같이 복제하는 영상이었다.

"아시겠습니까?"

"증거는 없지 않습니까? 그건 복제가 가능하다는 증거이지, 복제했다는 증거가 아닙니다."

상대방 변호사는 애써 선을 그으려고 했다. 하지만 그도 더 이상 방법이 없다고 생각하고 있었다.

"아까도 말씀드렸다시피 증거는 있습니다. 재판장님, 지금 피고 측이 고 최갑환 씨의 도장이 찍혀 있는 서류의 원본을 가지고 있는 것으로 알고 있으니, 검증을 위해 그걸 제출하라는 명령을 내려 주시기 바랍니다."

"없습니다!"

변호사가 나서기도 전에 먼저 나서서 재빨리 말을 끊어 버리는 남궁혁우.

"과연 그럴까요? 제가 아까 봤는데요?"

"피고 측 변호인, 있습니까?"

판사도 뭔가 이상하다는 걸 눈치채고는 남궁혁우 대신에 피고 측 변호사를 바라보자 그는 잠시 눈치를 보다가 한숨을 푹 쉬었다. 일이 제대로 틀어져 버렸다는 걸 깨달은 것이다.

"있습니다, 변호사님."

"제출하세요."

"네."

그는 가방 안에서 서류를 꺼내서 노형진에게 건넸다. 그걸 받은 노형진은 천천히 전자현미경으로 다가갔다.

"보다시피 일반적인 사람의 눈으로는 이 두 도장의 차이를 발견하지 못합니다. 하지만 자세하게 보면 달라지지요."

노형진이 기존에 있던 종이를 빼고 증거로 제출된 서류를 아래에 넣는 순간 사람들의 입에서 탄성이 터져 나왔다.

"우와!"

"이럴 수가!"

"전혀 다르잖아?"

사람의 눈으로 볼 때는 똑같았지만 그 도장이 찍혀 있는
면을 전자현미경으로 보자 완전히 달랐던 것이다. 아까 원본
도장으로 찍은 것과 다르게 그 면이 무척이나 깔끔했다.

"보이십니까? 똑같은 도장이지만 그 안쪽은 완전히 다릅
니다."

"헉!"

남궁혁우의 반응에 사람들의 시선이 그에게 향했다.

노형진은 그 서류를 빼내고 난 후 그 아래로 다른 서류를
밀어 넣었다.

"저희는 이 증거를 비교하기 위해서 미리 여러 방식으로
도장을 파 왔습니다. 이름이 가나다인 건 무시해 주시면 됩
니다. 일단 수공예 방식이죠. 조금 전에 본 도장과 비슷합니
다. 그리고 이건 그다음에 개발된 송곳 방식입니다. 아주 얇
은 송곳을 이용하여 강력한 진동으로 파 내는 거죠. 조금 전
의 도장과 비슷하면서도 일정한 사이클이 있지요. 그리고 이
건 요즘 사용하는 레이저 방식입니다. 말 그대로 초고열로
태워서 그 형태를 만드는 거죠. 아주아주 정밀 작업도 가능
합니다."

노형진이 레이저 방식으로 만든 도장을 찍어서 비교하는

순간 그곳에 나타난 특징은 남궁혁우가 제출한 서류에 찍힌 도장의 특징과 똑같아졌다.

"즉, 피고 측이 제출한 서류에 사용된 도장은 레이저로 만들어졌다는 뜻입니다. 그런데 말입니다, 제가 알기로는 레이저 방식 도장은 개발된 지 얼마 되지도 않았습니다. 하물며 이 도장이 만들어질 때는 송곳 방식조차도 개발된 지 얼마 되지 않았고 한국에는 얼마 없었습니다. 그런데 어떻게 피고 측 서류에서는 레이저 방식의 도장이 튀어나왔을까요?"

모두의 시선은 피고 측에 향했다. 빼도 박도 못할 증거가 나타나면서 뭐라고 할지 궁금해졌기 때문이다.

하지만 그들은 말할 상황이 아니었다. 남궁혁우는 의자에 앉아서 부들부들 떨고 있었고, 변호사는 곤란한 듯 미간을 문지르고 있었다.

"재판장님…… 증거 확인을 위해서…… 정회를 요청합니다."

피고 측 변호사가 할 수 있는 말은 그게 다였다.

판사는 고개를 끄덕거리면서 망치를 들었다.

"변론 기일을 다시 잡겠습니다."

노형진은 주먹을 불끈 쥐었다.

⚖

결국 재판에서 이겼다.

그것도 압도적으로 이겼다. 증거가 나온 이상 아무리 뇌물을 쓴다고 해도 그걸 뒤집을 수는 없었던 것이다. 그래서 판사는 노형진과 최정화에게 손을 들어 줬다. 그러자 노형진은 주저하지 않고 그가 가진 주식에 대한 압류를 신청했다.

"왜 하필 주식이에유?"

유명한은 고개를 갸웃했다. 그에게는 여러 가지 재산이 있었는데 하필이면 왜 주식이란 말인가?

"몇 가지 이유가 있지요. 첫째, 현재 상우는 성장하고 있는 기업이니까 미래에 가치가 올라갈 가능성이 높아요. 둘째, 집 같은 건 팔아 봐야 그 가치가 얼마 되지 않습니다. 대부분 경매로 가야 하는데 시간이 오래 걸리죠. 그에 반해 주식은 현금화하기가 쉽거든요. 그리고 셋째."

노형진은 거기서 말하지 않고 씩 웃었다. 그러자 유명한은 고개를 갸웃했다.

"셋째?"

"가서 보면 압니다. 하하하."

그렇게 집행관들과 도착한 노형진은 바로 안으로 들어가서 금고 앞에 섰다.

"이거 여시죠."

"웃기지 마."

남궁혁우는 열 생각을 하지 않았다.

"그렇다면 이거 통째로 가지고 갑니다."

"끄응……."

그는 신음 소리를 내면서 주변을 바라보았다. 하지만 주변에 그를 도와줄 사람은 없었다. 가족들이 며칠 동안 그와 싸우고 바깥으로 나간 탓에 주변에는 다 적대적인 사람들뿐.

"쳇."

그는 금고의 문을 열었다. 그러자 노형진은 그곳에서 주식을 꺼내 감정관과 함께 분류하기 시작했다. 120억에 더불어 그동안 빼앗아 간 돈과 이자와 손해배상까지 무려 150억에 달하는 주식이 빠지고 나자 주식 뭉치는 반 이상 줄어들어 버렸다.

"대략 40% 정도 되는군요."

"이이익!"

부들부들 떠는 남궁혁우. 그는 눈에서 불을 켜고는 최정화에게 달려들어 침을 뱉었다.

"더러운 년! 퉤!"

하지만 미리 그걸 알아챈 노형진이 먼저 앞으로 튀어 나가 몸으로 막았다.

"노…… 변호사님."

"괜찮습니다. 세탁비는 저 인간에게 따로 청구하죠."

"웃기지 마! 줄 것 같아?"

"글쎄요. 뭐, 주기 힘들 것 같기는 하네요."

"흥, 그 주식을 가지고 갔다고 좋아하지 마! 네년 같은 놈은 얼마든지 쫓아낼 수 있어!"

소리를 바락바락 지르는 남궁혁우.

실제로 그는 회사에 돌아가자마자 음모를 짤 생각을 하고 있었다. 여전히 주식의 56%를 가지고 있는 사람이 바로 그 다. 그러니 자신이 최대 주주로서 손만 쓰면 최정화를 쫓아 내는 것은 어려운 일이 아니라고 생각했다.

물론 그걸 모를 노형진이 아니었다.

"셋째."

"네?"

그 말에 모두의 시선이 노형진에게 향했다.

"아!"

그게 뭔지 알아챈 유명한은 노형진에게 빠르게 다가왔다.

"함께 갈 수 없는 녀석을 밟으려면 확실하게 재기 불능으 로 만들 것."

"네?"

그게 무슨 소리인가 하는 순간 문이 열리면서 몇몇 사람이 들어왔다. 그걸 본 남궁혁우는 얼굴을 찌푸렸다.

"뭐야, 이 거지 새끼들은?"

그의 눈에 들어온 것은 다름 아닌 그에게 주식을 판 다른 투자자들이었다. 하긴 그의 입장에서는 거지나 마찬가지일 것이다. 그들이 가진 주식은 고작 1%. 다 합쳐도 그에게 덤 빌 수 없는 수치이기 때문이다.

"그런 소리를 하면 곤란할 텐데요?"

"뭐?"

노형진은 피식 웃으면서 그들 앞에 가서 섰다.

"이제 제가 이분들의 변호사거든요."

"무슨 개소리를 하는 거야!"

"상식적으로 잘 굴러가던 회사가 갑자기 망해 가는 게 말이 안 되죠. 그 후에 당신은 무려 120억을 빌려서 이 사람들에게서 주식을 싹쓸이했습니다. 그리고 그 직후 '새벽 060'이라는 상품이 난데없이 튀어나와서 대박 났습니다. 그런데 그당시 회사를 운영하던 사람도, 모든 걸 책임지는 사람도 당신이었어요. 이건 명백하게 주주들에게 사기를 친 걸로밖에 보이는데요? 안 그렇습니까?"

"뭐…… 뭐라고?"

"아!"

유명한은 노형진이 노리는 바를 알아채고는 '탁!' 하고 소리 나게 손뼉을 쳤다.

"지금부터 당신에게 부당 거래로 인한 주식 반환 소송을 할 겁니다. 그럼 당신에게 남는 주식이 얼마 없을 것 같은데요."

멍하니 노형진을 바라보던 남궁혁우는 지금 노형진이 무슨 말을 하는지 알아채고는 그에게 달려들었다.

"이 새끼, 죽여 버릴 거야!"

그러나 그는 그럴 수가 없었다.

턱.

누군가 그를 잡아챈 것이다.

"남궁혁우 씨."

"놔! 놔! 이 새끼야!"

자신을 잡은 남자에게서 벗어나려고 발악하는 남궁혁우.
그러나 그들은 놔줄 생각이 없어 보였다.

그들은 남궁혁우를 풀어 주는 대신에 주머니에서 종이를
꺼내서 그의 얼굴로 들이밀었다.

"당신을 사기 혐의로 체포합니다. 여기 구속영장입니다.
당신에게는 묵비권을 행사할 권한이 있으며……."

"으아아아!"

남궁혁우는 발광했지만 이미 모든 것이 끝난 상황이었다.

⚖

"고맙습니다."

"고맙긴요. 이제 시작입니다. 한 기업의 대표가 되셨으니
까요."

얼마 후 노형진은 커피숍에서 최정화를 만났다. 모든 일이
끝났기 때문이다.

"그럼 그 사람은 이제 끝난 건가요?"

"누구요? 아, 남궁혁우요? 네, 끝난 겁니다."

남궁혁우는 말 그대로 파멸했다. 남은 주식은 노형진이 소송하면서 속아서 팔았던 사람들이 모조리 되찾아 가는 바람에 빈털터리가 되었다. 그 상황에서 다시 주주가 된 네 명과 최정화는 과거 최갑환의 통장에 입금되었던 25억을 문제 삼았다.

120억을 빌린 건 명백하게 남궁혁우다. 그런데 그걸 갚은 돈이 회사 계좌에서 나간 것이다. 이 또한 업무상 배임과 업무상 횡령으로 성립되어 그의 남은 재산 전부가 압류되었고 그는 말 그대로 완전히 몰락한 채로 감옥으로 끌려갔다.

"고맙습니다……. 이 은혜를 어떻게 갚을지……."

"아닙니다. 은혜는요."

"그런데 그 키다리 아저씨라는 분이 누구시길래 제게 이렇게까지……."

"음…… 비밀입니다."

노형진은 미소를 지으면서 최정화를 바라보았다. 최정화의 시선에서 자신을 향한 따뜻함을 느꼈지만 노형진은 이 인연은 여기까지만 맺고 싶었다. 이제 그녀는 바르게 살아갈 테지만, 미래의 그녀에게 입은 상처가 그가 지금의 그녀를 있는 그대로 보지 못하도록 할 게 뻔하니까.

"다만 그분이 이 말씀은 전해 달라고 하셨습니다."

"어떤 말요?"

"'미안했다. 그리고 고마웠다.'라고."

"……?"

"아마 영원히 모를 수도 있을 겁니다. 하지만 누군가에게는 그런 일이 있었다고 생각하면서 사십시오. 미안함과 고마움. 그 두 개만 기억하면서 사신다면 세상을 사는 게 어렵지는 않을 겁니다."

"네."

노형진은 일어나서 몸을 돌려서 나가려다가 슬쩍 그녀의 머리를 슥슥 쓰다듬었다. 그녀는 약간 이상하게 생각하는 듯했지만 막지는 않았다.

"그냥 한번 해 보고 싶었습니다. 하하하."

그렇게 노형진은 자신의 인연을 정리하고는 몸을 돌렸다. 그리고 커피숍 바깥으로 나와 아직 안에 있는 그녀를 보고 미소를 지었다.

"행복해라, 정화야. 다시는 만나지 말자."

염장질 하고 있네

　세상에 모를 일이라는 것이 있는 법이다. 그리고 그 모를 일이라는 건 주변에서 예상하지도 못하게 벌어지곤 한다.

　하얀 드레스. 멋쩍은 신랑. 그리고 그 주변의 경악스러운 사람들.

　"도대체가 말이야, 언제 눈이 맞은 거야?"

　"그렇게 말입니다."

　"젠장, 아무리 바빠도 생길 놈은 생긴다더니."

　툴툴거리는 사람들 사이에서 입이 찢어져라 웃고 있는 무태식.

　"민 변호사님은 왜 저런 산적 같은 사람이랑 결혼해요?"

　"그냥 내가 구제해 주지 않으면 누가 구제해 주나 싶더라고."

"우우우."

"직업병이다. 직업병. 모두 다 구하려 하다니."

민시아 변호사와 무태식 변호사의 결혼이라는 소식은 새론이 사람들을 깜짝 놀라게 만들기에 충분했다.

"도대체 어쩐 일이래?"

"그러게 말입니다."

심지어 노형진조차 그 둘이 사귀고 있다는 사실을 알지 못했으니 말이다.

"하하하."

"천하의 노형진도 모르는 게 다 있군."

"그럴 수도 있죠. 그 누가 두 사람을 의심하겠습니까?"

"하긴 그렇기는 하지."

보통 사내 연애는 사람들이 눈치채기 마련이다. 알게 모르게 눈짓을 주고받기도 하고 쓸데없이 싸우기도 하니까. 하지만 둘에 대해서는 진짜 아무도 몰랐다.

"완전 첩보 작전이었다니까요. 하하하."

"그러게 말이다. 나도 깜짝 속았잖냐. 하하하."

송정한은 미소를 지으면서 두 사람을 축하해 줬다.

"그나저나 신혼여행은 어디로 갈 거야?"

"글쎄요."

"'글쎄요.'라니?"

"일정을 맞춰 봐야지요. 법원이 우리 사정을 봐줍니까?"

"아⋯⋯."

아무래도 비밀리에 결혼하다 보니 사건이 줄줄이 있는 상황. 그렇다고 법원에 변호사가 결혼하니 일정을 미뤄 달라고 할 수는 없는 일.

결국 아직까지 신혼여행을 잡지 못했다고 한다.

"일단은 일부터 끝내고요."

"이거 참, 행복하다고 해야 하나요. 하하하."

점점 경기가 안 좋아지는데 일이 넘쳐서 휴가를 못 간다는 게 어찌 보면 다행이기는 하다.

'글쎄요. 행복하다고 해야 하나.'

노형진의 얼굴이 살짝 어두워졌다. 올해부터 경기가 얼어붙어 가면서 엄청나게 살기 힘들어질 텐데, 노형진이 아무리 돈이 많다고 해도 그걸 막을 수 있는 능력은 되지 않았다.

'그나마 벌어 놓은 돈이 많으니 다행이기는 한데.'

그가 벌어 놓은 돈이 1조가 넘는다. 원한다면 다급한 사람들을 구해 줄 돈은 된다.

"뭘 그리 생각하나?"

"아닙니다. 하하하."

노형진은 정신을 퍼뜩 차렸다. 지금은 안 좋은 생각을 하기보다는 이제 새로 시작하는 두 사람을 축하해 줘야 할 시점이다.

"두 분 다 축하해요."

"축하드립니다."

"내 회사 대표로서 말하는데 말이야, 사내연애는 적극 권장하지만 갑작스러운 청첩장은 사양일세. 하하하."

"끄응……."

노형진은 자다 일어나서 배를 잡고 바닥을 박박 기었다.

"으으윽."

다시 기다시피 해서 화장실에 들어간 노형진은 애써 힘을 줬지만 나오는 것은 하나도 없었다.

"으으으…… 죽겠다."

노형진은 다시 화장실에서 거의 기다시피 해서 나왔다.

그때 전화기가 울렸다. 노형진은 기어서 방으로 들어가 간신히 전화를 받았다.

"노형진입니다."

"노 변호사! 괜찮나?"

"안 괜찮은데요……. 죽겠습니다."

"그럴 줄 알았네. 어서 구급차를 부르게."

"구급차요?"

"그래, 자네뿐만 아니라 회사 사람들도 지금 난리도 아니야. 식중독 사고가 터졌네."

"식중독이라니……. 으윽……."

노형진은 다시 아파 오는 배를 부여잡았다. 사실 배가 문제가 아니었다. 온몸이 아프고 으슬으슬 떨리고 근육통까지, 죽을 것 같았다.

"도대체 왜……? 아니…… 한 곳뿐이군요."

회사의 구내식당은 철저하게 검수하도록 되어 있기 있다. 당연히 이런 일이 생기지 않는다. 더군다나 지금은 일요일 밤이다. 금요일에 구내식당에서 밥을 먹었으니 아프다면 금요일 밤이나 토요일 낮에 아팠어야 한다. 그렇다면 한 곳뿐이다. 무태식과 민시아의 결혼식장 말이다.

"분석은 나중에 하고 일단 병원으로 가게."

"네…… 그런데 송 대표님은 괜찮으신 겁니까?"

"난 거기서 밥을 못 먹었잖나."

송정한은 다른 일이 있어서 결혼식에만 참석하고 식사는 하지 못한 채 바로 나가야 했다. 그 덕분에 멀쩡한 모양이었다.

"어서."

"네."

노형진은 전화를 끊고는 119로 전화를 걸었다.

"119입니다."

"출동 좀 부탁드립니다. 여기는……."

그렇게 말하는 와중에도 노형진은 온몸을 부들부들 떨면서 이를 악물고 버텨야 했다.

“괜찮나?”

“네.”

노형진은 부르르 떨면서 고개를 끄덕거렸다. 지난 며칠간 온갖 고생을 하고 나서야 간신히 나아졌기 때문이다.

“그만하길 다행이네.”

“회사는요?”

“일단 집단 식중독 사태라 모든 변론 기일을 미뤘네.”

“끄응…….”

“별수 있나.”

이백 명이 넘는 회사원이 다니는 대형 로펌이다. 그런데 그런 곳에서 식중독 사고가 났으니 무슨 일이 벌어졌겠는가?

“멀쩡한 사람은 얼마나 됩니까?”

“나를 포함해서 한 열 명 정도?”

“고작요?”

“그래.”

난데없이 터진 식중독 사고에 사람들이 죄다 실려 갔기 때문에 회사는 휴업 상태. 미룰 수 있는 건 미루고, 미룰 수 없는 건 일단 송정한과 다른 멀쩡한 변호사 한 명이 정신없이 뛰어다니며 처리해야 했다.

“조사 결과가 나왔네. 아니나 다를까, 그곳에서 터진 게 맞더군."

"그래요?"

노형진은 그 말을 듣고는 얼굴을 찌푸렸다. 이상한 느낌이 그의 머리를 간지럽혔다.

"또 일인가?"

"네?"

"자네 말일세. 그 표정, 일거리, 그러니까 돈 냄새를 맡았을 때 짓는 표정일세."

"하하하."

"일거리는 지금 가지고 와 봐야 아무것도 못하니까 나중에 생각하고 일단은 쉬게나."

"네."

"난 이만 가네. 이거 원, 죄다 병원에 입원해 있으니 병문안 다니는 것도 일이구만."

"하하하."

송정한이 나가고 난 후 노형진은 침대에 벌러덩 누웠다.

"쉬어라……. 그러고 보니 제대로 쉬는 건 이번이 처음이네. 이거 참, 웃기는 일일세."

그동안 휴가를 가면 거기서 일이 터졌기 때문에 정작 제대로 며칠간 쉬는 건 아파서 쉬는 지금뿐이라는 사실이 어이가 없었지만 그래도 노형진은 좋게 생각하기로 했다.

"좋게 생각하자고. 이때 아니면 언제 쉬겠어? 먹여 주고

재워 주고 보험회사에서 돈도 나오니까 돈 받으면서 쉬는 거
잖아. 후후후."

노형진의 입가에는 미소가 가득했다.

⚖️

"크어어어."

"쿨쿨."

보통 노형진쯤 되는 사람이면 특실이나 1인실을 쓸 거라
고 생각한다. 물론 노형진도 그래도 된다. 하지만 노형진은
8인실을 선택했다.

"할아부지."

"아이고, 우리 손녀 왔네."

'그래, 이 맛이지.'

1인실을 쓰면 조용하기는 하지만 심심하다. 하지만 이렇
게 8인실을 쓰면 서로가 서로를 알아 가면서 친하게 지낼 수
있다.

"손녀가 예쁘네요."

"그럼 우리 손녀가 제일 예쁘지. 하하하."

웃으면서 손녀의 머리를 쓰다듬어 주는 옆 침대의 노인.
그는 자신의 손녀를 마치 보물처럼 아끼는 사람이었다.

"우리 손녀를 데려갈지 모르겠지만 아까워 죽겠어."

"아직도 20년은 넘게 남은 것 같은데요?"

"그래도 그 미래의 도둑놈은 땡잡은 거야."

"하하하."

그렇게 웃고 떠드는 것이 일상이었으니, 노형진의 입장에서는 진정한 휴식이라고 할 수 있었다.

"그나저나 자네는 이제 안 나가나?"

"슬슬 나가야지요."

아무리 식중독이 심하다고 해도 다른 병에 비해서는 그다지 강한 것이 아니다. 결국 빨리 8인실을 빼 줘야 다른 사람이 들어올 수 있다.

"그나저나 할아버지는 안 나가십니까?"

"나가야지."

그는 간단한 수술이 잡혀 있기 때문에 그다지 걱정하지 않는 눈치였다. 하긴 요즘 시대에 누가 맹장 수술을 가지고 걱정하겠는가?

"그나저나 신기하네요. 맹장 수술을 안 했다니."

"뭐, 아프지도 않은데 무엇하러 수술을 해?"

그런데 그 맹장이 만성 맹장염으로 발전하면서 이번에 수술이 잡힌 것이다.

"빨리 나가서 우리 손녀랑 놀아 줘야지."

"그러세요. 그나저나 할아버지께서 나가면 우리는 심심해서 어쩝니까?"

"예끼! 이 사람아! 하하하."

노형진은 그렇게 웃으면서 그 둘을 바라보았다.

하지만 그 미소는 얼마 가지 못했다. 노형진이 회사에 있는 그날, 자신을 찾아온 부부를 알아보기 전까지는 말이다.

"어, 어쩐 일이에요?"

변론을 마치고 온 노형진은 대기실에서 앉아 있는 그들을 발견하고는 깜짝 놀랐다.

"누구신지?"

"병원에 있을 때 옆 침대에 있던 사람입니다."

"아, 그때 그분이군요. 옷이 바뀌어서 못 알아봤습니다. 죄송합니다."

남자는 정중하게 인사를 건넸다. 노형진은 그의 가슴에 붙어 있는 하얀 나비를 보고 왠지 불길한 기분을 느꼈다.

"그런데 여기는 어쩐 일이신가요?"

"여기서 일하시나 봐요?"

"네, 그런데 어쩐 일로?"

"사건을 의뢰하러 왔습니다."

"의뢰라니요?"

"아버지가 돌아가셨습니다."

남자가 입술을 깨물며 말하자, 노형진은 울컥했다. 자신을 보고 웃던 사람이 갑자기 죽었다는 것이 왠지 모르게 가슴이 아파 왔다.

"어쩌다가요?"

"의료사고인 것 같습니다."

"의료사고?"

"네."

남자는 고개를 푹 떨궜다. 노형진은 그가 '같습니다.'라는 식으로 표현한 이유를 알 것 같았다.

"다른 곳에서 접수를 거부했군요."

"그걸 어떻게 아셨습니까?"

"의료사고니까요."

우리나라는 법을 만드는 데에 이권 개입이 강한 편이다. 그러다 보니 말도 안 되는 경우가 발생하는데 대표적인 예가 바로 의료 소송이다.

의료 소송의 경우 의료사고가 났을 때 그걸 입증해야 하는 것은 다름 아닌 피해자 측이다. 이게 얼마나 웃긴 일이냐 하면 모든 기록은 병원이 가지고 있기에 사고가 나면 그걸 가장 먼저 조작하기 시작한다. 게다가 그걸 얻었다 해도 일반인이 알아보지 못하도록 흘려 쓰는 것이 의사들의 일반적인 방식이기 때문에 해석도 못한다. 설령 해석한다고 해도 어떤 약을 어디에 어떻게 썼는지 모르는데 그걸로 어떻게 의료사고임을 입증한단 말인가?

'망할 노릇이지.'

당연히 의료 소송은 복잡하고 힘들다. 그러니 대부분의 변호사들이 기피하는 것 중 하나였다.

"누가 그러더군요, 새론에서는 사건을 기피하지 않는다고."

"보통은 그렇지요."

"그럼 역시 의료사고는……."

시무룩해지는 남자. 노형진은 그 남자의 손을 잡았다.

"아닙니다. 우리는 사회적으로 지탄받을 그 범죄행위가 확실한 사건만 합니다. 따라서 의료사고 같은 것은 기피하지는 않습니다."

"그런가요?"

"그럼 들어가시죠."

"네? 하지만 아직 담당 변호사님이 결정되지 않았다고……."

그가 카운터를 바라보자 노형진 역시 카운터를 바라보았다.

"이 사건, 제가 담당하겠습니다."

"헉! 변호사님이셨습니까?"

"네, 이 사건은 저 노형진이 담당하겠습니다."

노형진은 부부의 손을 꼭 잡으면서 단호하게 말했다.

⚖

"음…… 복잡한 일이로군. 노 변호사가 이런 사건을 맡게 될 거라고는 생각하지 못했어."

"어차피 이런 사건이 들어오면 담당할 수 있는 사람은 한

정되어 있지 않습니까?"

"그건 그렇지."

다른 사건들이 난해하다고 하지만 의료 소송에 비할 바는 못 된다. 병원 측이 증거를 가지고 있는 데다 그걸 주려고 하지도 않고 무조건 조작해 버리는 상황에서 피해자 측이 그 입증까지 해야 하니 말이다.

"더군다나 짧은 인연이지만 알고 지냈던 분들입니다."

"음······."

남상주는 알겠다는 듯 고개를 끄덕거렸다. 하지만 여전히 문제가 없는 것은 아니었다.

"그렇다고 해도 여전히 쉬운 사건은 아닐세. 자네도 이런 소송의 문제가 뭔지는 알지?"

"알죠."

이런 소송을 하는 데에 있어서 필수적인 것은 다름 아닌 의사의 지원이다. 하지만 팔이 안으로 굽는다고, 이런 걸 해석해 달라고 해 봐야 대부분의 의사들은 거절한다. 설사 해 준다고 해도 최대한 의사 쪽에게 유리하게 해석한다.

'우리나라 의료계는 제대로 썩었지.'

대표적인 예가 모 유명 가수의 의료 소송이다. 그는 누가 봐도 의료사고로 죽었는데 그 당시에 조사했던 의사협회의 발표는 '의료사고다.'가 아니라 '의료사고일 가능성이 높다.'라는 것이었다. 아주 대놓고 사고가 난 데다 그 피해자가 대한민국이 다 아는 유명 가수인데도 그 정도이니 일반인이라면 그들이 도와줄 리 없다.

"아무리 우리가 잘났어도 이런 일은 한계가 있네."

"그렇지요."

실력으로 승부하는 다른 세계와 다르게 인맥과 끈으로 끈끈하게 이뤄진 의학계이다 보니 변호사를 도와서 의료 소송을 하게 된다면 사회적으로 매장되는 것은 일도 아니기 때문에 다들 꺼리는 것이다.

"하지만 그래서 우리가 해야 한다고 생각합니다."

"어째서?"

"우리나라에는 의료사고 소송 전문 변호사가 없으니까요."

"그거야 그렇지."

대부분 의료사고가 나서 소송하러 가면 변호사가 한마디 한다, 포기하라고. 그만큼 의료소송에서 이기는 것이 거의 불가능에 가깝다. 서로 이해할 수가 없는 말로 판사의 사람들의 정신을 혼란스럽게 하기 때문이다.

"하지만 우리가 의료사고 전문 변호를 하게 된다면 우리나라에서 그동안 벌어진 의료사고와 벌어지게 될 의료사고를 모두 받아들이게 될 겁니다."

"그건 나도 아네. 하지만 그걸 할 능력이 없지 않은가?"

"없기는 왜 없습니까?"

"하지만 의료 지식이 없는데? 자네도 알겠지만 의료 지식은 어떤 면에서는 법을 공부하는 것보다 훨씬 더 어려운 공부일세. 그걸 동시에 할 수 있는 사람은 드물다네. 자네는 가능할지도 모르지만 그걸 공부하려면 변호사 노릇을 당분간 그만둬야 할 거야. 그게 가능하겠나?"

"그러면 아는 사람을 붙이면 됩니다."

"아는 사람? 그런 사람이 있나?"

"적당한 사람이 한 명이 있습니다."

"적당한 사람?"

"네, 의료 지식과 더불어 법률적 지식을 가진 사람이 한 사람이 있습니다."

노형진의 눈에서는 불이 번쩍이고 있었다.

⚖

임진기는 자신을 찾아온 사람들을 보고 당황했다. 그럴 수밖에 없었다. 실질적으로 자신이 공부할 수 있도록 도와주고 있는 새론에서 사람들이 왔기 때문이다. 그것도 무척이나 부담스러운 부탁을 하러 말이다.

"의료 소송을요?"

"네, 도와주십시오."

"음……."

임진기의 입장에서는 상당히 고달픈 일이다. 의료계의 행태에 대해서 가장 잘 아는 사람은 바로 의사 자신이 아니던가?

"하지만…… 좀 부담스러운 사건이기는 하네요."

"그러나 이제는 의료계를 아주 떠나려고 생각하고 계시지 않습니까?"

"그거야 그렇지만……."

임진기는 결국 돈이 없다는 이유로 쫓기고 쫓겨서 시골까지 가야 했다. 실질적으로 의료계에서 무슨 혜택을 본 적이 없었다.

"어차피 변호사를 하시게 되면 임진기 님이 의사 출신이라는 것이 가장 강력한 무기가 될 겁니다. 즉, 담당하시는 사건 대부분이 의료사고가 될 거라는 뜻이 될 겁니다."

"음……."

임진기는 심각한 얼굴로 턱을 문질렀다.

"어차피 지금은 의사로 활동하지 않으시잖습니까?"

"아무래도 공부가 우선이니까요."

아무리 임진기의 머리가 좋다고 해도 의사 노릇을 함께하면서 공부할 만큼 법에 관련된 공부가 호락호락한 것은 아니다.

"하지만……."

문제는 그가 변호사 시험에 합격하지 못하면 믿는 구석은 의사 면허뿐이라는 것이다.

"어차피 그들이 의사 면허를 박탈하지는 못합니다. 그리고 그들이 시골에서 내과를 하시는 임진기 님까지 해코지하기에는 무리가 있지 않습니까?"

"음……."

임진기는 심각한 얼굴이 되었다. 하긴 의료 업계의 사람으로서 그 세계를 배신하는 것, 아니 진실을 밝히는 것은 쉬운 일이 아니다.

'하긴 이 세상이 내부 고발자에게는 잔혹하지.'

우리나라는 비리에 관해서 내부 고발을 하라고 하지만 실상 그 고발이 들어오면 가장 먼저 하는 것은 고발 대상이 된 집단에 누가 내부 고발을 했다고 알려 주는 것이다. 내부 고발자를 보호하는 법률이 있지만 그건 아무도 지킬 생각이 없는 법률인 것이다.

"만일 일이 틀어진다고 하시면 제가 가게를 열 방법을 알려 드리겠습니다."

"어떻게요?"

"대룡의 내부에 오픈하게 해 드리죠."

"네에?"

"대룡 말입니다."

임진기의 얼굴은 심각해졌다.

대룡 내부에 오픈한다. 이건 생각보다 큰 이득이다. 당장 대룡의 공장에는 수천 명이 일한다. 만일 회사 내부에 오픈하게 되면 아프면 가장 먼저 그를 찾아오게 될 테니 아주 큰 부자는 아니지만 그래도 상당히 많은 돈을 안정적으로 벌게 될 것이다.

'그러고 싶지는 않지만.'

물론 그렇게 되면 노형진은 유민택에게 빚을 지게 되는 셈이기 때문에 그렇게 하고 싶지는 않지만 그렇다고 의료 소송을 그냥 모른 척할 수는 없었다.

"물론 기본적으로 가장 좋은 건 로스쿨에 가셔서 변호사가 되는 겁니다."

"음……."

임진기는 심각한 얼굴이 되었다. 그럼 손해 보는 것은 없다.

'하지만…….'

그동안 알던 사람들을 배신한다는 건 쉬운 일이 아니다.

'어차피 끊어질 인연이다……. 그리고 노 변호사님의 말씀이 맞아. 어차피 변호사가 된다면 가장 많이 하게 될 소송은 의료 소송이 될 거야.'

그걸 거부하게 된다면 그는 그저 그런 변호사들 중 한 명이 될 테니 생활이 부담스러워질 수밖에 없다.

"알겠습니다. 그 사건, 도와 드리지요."

임진기의 말에 노형진의 얼굴이 환해졌다.

"벨지병원의 서지우 교수라……."

임진기는 고문 자격으로 이번 소송에 참가하기로 했다. 그는 피해자 측인 한광태에게서 담당 의사의 이름을 듣고는 얼굴을 찌푸렸다.

"아시는 분인가요?"

"알죠. 개인적으로 알지는 않지만 제법 유명한 분이시죠."

"그래서 그분에게 맡긴 거였습니다."

임진기는 한숨을 내쉬었다.

"제가 말씀드리는 유명하다는 것은 그런 의미가 아닙니다."

노형진은 그런 임진기를 보면서 본능적으로 그에게 여러 가지 문제가 있다는 사실을 알아차렸다.

"구설수가 많은 사람인가 보군요."

"일단 그는 아래에서 치고 올라오는 꼴을 못 보는 사람입니다. 수많은 재능 있는 의사들이 그의 자리를 위협했다는 이유로 의료계에서 매장당했습니다. 당연히 자신의 의사에 반하는 것도 그냥 두지 않습니다."

"무슨 말씀이죠?"

"의료사고는 단순히 의사의 실수로 발생하는 게 아닙니다. 수술 같은 건 수많은 사람들이 같이합니다. 보조 의사도 있고 경험 많은 간호사들이나 레지던트들도 함께 들어가지요."

"그런데요?"

"의료사고가 날 만한 상황이 되면 그런 사람들이 케어해 줍니다. 그런데 그는 그걸 안 듣습니다. 자신의 의견이 절대

적이라고 생각합니다."

말 그대로 독고다이 같은 스타일이라는 소리다.

노형진은 얼굴을 찌푸렸다. 그런 사람들이 사고를 내기에 가장 좋은 타입이기 때문이다.

"실력이야 좋지요. 하지만 그것도 어느 정도 나이가 될 때의 이야기입니다. 이제는 과거의 명성으로 먹고사는 사람이죠. 새로운 기술에 적응하지 못하거든요."

"음……."

노형진은 얼굴을 찌푸렸다. 그런데 그다음에 들은 말은 생각보다 더 심각한 문제였다.

"그리고 또 다른 문제가 있는데 심각하게 술을 좋아한다는 겁니다."

"술을?"

"네, 그것도 양주라면 환장합니다. 그 사람이 제일 좋아하는 술이 레미 마틴입니다. 도수 40도짜리 코냑이죠."

노형진은 얼굴을 찌푸렸다. 임진기가 그런 이야기를 한다는 건 단순히 좋아해서 한다는 것 이상일 가능성이 높다.

"설마 술을 마시고 수술에 들어간단 말입니까?"

"애석하게도 몇 번이나 그런 경우가 있었습니다. 한 번은 완전히 고주망태가 되어 들어가서 앉은 채로 잔 적도 있다고 하더군요."

"허?"

노형진은 기가 막혔다. 도대체 얼마나 술을 마셨기에 그런 단 말인가?

"물론 소문입니다. 제가 있던 병원은 아니니까요. 하지만 중요하지 않거나 어렵지 않은 수술을 하게 되면 가끔 그런다고 하더군요. 그때는 그의 이름을 넣기만 하고 보조 의사나 레지던트가 집도한다고 합니다."

"그런 미친……."

"그게 현실입니다."

한광태는 입을 쩍 벌렸다. 설마 그럴 거라고는 생각도 못 했던 것이다.

"그 말을 하신다는 건?"

"맹장 수술은 어려운 수술이 아니니까요."

한광태는 일을 악물고 부들부들 떨었다.

"설마 우리 아버지를 수술할 때 술을 마시고 들어갔다는 겁니까?"

"그럴…… 가능성이 높지요."

"으으으……."

이를 악물고 복받치는 울음을 참으려고 하는 한광태.

노형진은 그런 그를 다독거리다가 얼굴을 찌푸렸다.

"제 생각에는 말입니다. 차라리 그런 사람이면 술을 진탕 마시는 게 나을 것 같군요."

"어째서요! 그 때문에 우리 아버지가 죽었단 말입니다!"

"아니요. 술을 진탕 안 마셔서 사고가 났을 겁니다. 안 그렇습니까, 임진기 씨?"

임진기는 고개를 끄덕거렸다.

"맞습니다. 그럴 가능성이 높습니다. 아까도 말씀드렸다시피 맹장 수술은 어려운 수술이 아니니까요."

차라리 술을 왕창 마시고 안에 들어가서 의자에 앉아서 자 버렸다면 정신이 멀쩡한 다른 의사가 수술했을 것이다. 일단 반쯤 속는 것이기는 하지만 어려운 수술이 아니니 사고가 날 가능성은 무척이나 낮아진다.

"하지만 어쭙잖게 마신 게 문제입니다."

어쭙잖게 마시면 사람은 자기가 멀쩡하다고 생각한다. 그래서 음주운전을 하는 것이다. 게다가 서지우 교수의 특성상 일단 수술에 들어가면 남의 말을 들을 리 없다.

"결국 누군가 사태를 바로잡을 수도 없습니다."

만일 사고가 날 만한 사태를 바로잡는다? 서지우의 성정을 생각하면 말도 안 되는 소리다. 가뜩이나 개차반인 성격인데 술에 취했으니 남의 말을 들을 리 없다.

"이런 상황인데도 안 걸리는 게 신기하군요."

"그만큼 이 세계는 공고하지요."

막말로 그가 술에 취해서 들어왔다고 누가 증언해 주겠는가? 그랬다가는 의료계에서 실질적으로 매장당할 게 뻔한데 말이다.

"당연히 아무도 이야기를 안 하지요."

"그렇다면 어떻게 합니까? 진짜로 입증할 방법이 없는 겁니까?"

우울한 얼굴이 되는 한광태였다. 노형진은 그런 한광태를 진정시켰다.

"일단은 기록을 보고 확인해 보죠. 무슨 일이 일어난 건지 알아야 대응할 수 있을 테니까요."

⚖️

"못 줍니다."

"뭐라고요?"

"못 드린다고요."

"그게 말이 됩니까?"

한광태는 병원으로 가서 아버지의 차트를 보여 달라고 이야기했다. 하지만 병원에서는 단호하게 선을 그었다.

"그걸 줄 이유가 없죠."

"뭐라고요?"

"그건 병원 자산입니다. 당신들한테 줄 이유가 없습니다."

"말도 안 되는 소리를 하지 마십시오!"

"규정입니다."

"사람을 죽여 놓고 지금 규정 타령을 합니까!"

한광태가 분노해서 달려들려고 하자 노형진이 말렸다.

"진정하세요."

"하지만……."

"오면서 말씀드렸잖습니까? 줄 리 없다고."

순순히 주면 좋겠지만 그럴 리 없기에 노형진은 기대도 하지 않았다.

"그러니까 어서 가세요."

직원은 마치 모른 척 문을 닫으려고 했다. 하지만 노형진이 예상했으면서 그걸 준비하지 않았을 리 없다.

"제가 주지 않을 거라고 했지, 받아 가지 않겠다고는 말 안 했습니다만?"

무슨 말도 안 되는 소리냐고 그를 노려보는 직원. 그 순간 노형진의 등 뒤에서 한 명이 툭 튀어나왔다.

"여기 있어야! 헉헉."

"급하게 오셨나 봅니다?"

"빨리 오느라고 뛰었어야."

"수고하셨습니다."

노형진은 피식 웃으면서 유명한에게서 서류를 받아 그 직원에게 내밀었다.

"법원에서 내려온 정보 공개 명령입니다."

"음?"

직원은 그걸 보고 얼굴이 딱딱해졌다. 설마 미리 준비해

가지고 올 거라 생각하지 못했기 때문이다.

'내가 한두 번 당하나?'

보통 소송에 들어가면 자료를 달라고 하고 그걸 거절하면 법원을 거쳐서 명령서를 가지고 온다. 그러나 그때쯤이면 병원은 이미 모든 조작을 맞춰 둔 상태인 경우가 대부분.

"자, 그럼 관련 서류를 주시겠습니까? 아니면 경찰을 부를 까요?"

노형진이 미소를 보이자 직원은 똥 씹은 얼굴이 되었다.

⚖️

"조작되었군요."

임진기는 서류를 보면서 고개를 흔들었다.

"벌써요?"

"네."

"아니, 왜요?"

한광태는 어이가 없었다. 노형진이 움직이라고 해서 바로 움직였다. 그런데 벌써 조작이 끝났다니?

"흠…… 확실히 알겠군요."

"네?"

"이게 의료사고라는 걸 말입니다."

노형진의 말에 한광태와 임진기는 고개를 갸웃했다. 조작한 것을 보고 확실하게 알겠다니 이해할 수가 없었던 것이다. 하지만 생각해 보면 무척이나 당연한 일이었다.

"생각해 보십시오. 만일 의료사고인 걸 모르고 있었다면 우리가 갈 때까지 이걸 고칠 이유가 없죠. 하지만 의료사고인 걸 알고 의료 소송이 들어올 걸 예상했으니까 미리 해 둔 겁니다."

"설마……."

"저쪽은 이미 소송에 대비할 준비를 하고 있을 겁니다."

노형진의 말에 한광태는 이를 빠드득 갈았다.

"그런데 사과하지 않는단 말입니까?"

"할 이유가 없죠."

가만히 있어도 국가에서 지켜 주는데 어째서 의사들이 피해자에게 사과하겠는가?

"결국에는 돈이 걸려 있으니까요."

"그렇다고……."

"전에도 말씀드렸다시피 이런 법은 가진 자가 유리하게 되어 있습니다. 대부분이 그렇지요. 이게 세상입니다."

의사들은 가만히 있어도 정부에서 알아서 지켜 준다. 그러니 문제를 해결하기 위해서는 도리어 피해자가 뛰어야 한다.

"그럼 어쩌죠?"

노형진은 임진기를 바라보았다.

"일단은 이 진료 기록에서 말이 안 되는 부분을 찾아서 공략해야지요."

"말이 안 되는 부분요?"

"네, 일단 평소 쓰지 않던 약을 썼다든가 하는 식으로요."

물론 그건 쉽지 않겠지만 말이다. 하지만 노형진은 생각을 약간 바꿨다.

"일단은 그 일은 다른 분이랑 하셔야 할 것 같군요."

"네?"

"하실 일이 있나요?"

노형진은 고개를 끄덕거렸다.

"진실을 찾아보려고요."

"진실요?"

"네, 어쩌면 생각보다 진실이 가까이 있을지도 모르지요."

노형진은 그 말을 하면서 서류를 바라보았다.

미래가 과거를 따라잡다

"잘 부탁드립니다. 좋은 생각이네요."

노형진이 계획을 이야기하자 임진기가 고개를 끄덕거렸다.

"확실히 전문 변호사는 다르군요. 전 그냥 법원 내에서 싸우는 것만 생각했는데요."

"법원 내에서 싸우는 것도 변호사의 일이지만 바깥에서 싸우는 것도 변호사의 일입니다."

고개를 끄덕거리는 임진기.

"유명한 변호사가 도와 드릴 겁니다."

"걱정 마셔라! 제가 깔끔하게 처리할 텐께."

사투리가 거슬리기는 하지만 확실히 유명한 변호사는 유능한 사람이다. 그래서 노형진은 그를 믿고 움직일 수 있었다.

'물론 이 일을 할 수 있는 것은 나뿐이기도 하지만.'

노형진은 그렇게 말하고는 사무실을 나와 병원으로 향했다.

'결국은 술이 문제라는 거지?'

임진기의 말에 따르면 집도의였던 서지우는 심각한 술 문제가 있다고 했다. 그렇다면 분명 어딘가에서 술을 마신 흔적이 있을 것이다.

'그걸 찾는 거야.'

임진기는 약의 불량 사용 내역을 확인해 보겠다고 했지만 사실 이건 내과 수술이 아니라 외과적인 수술로 인한 의료사고다. 그러니 약보다 더 중요한 것은 그걸 집도한 의사의 정신이나 육체적인 상태다.

'만일 술에 취한 기록만 찾을 수 있다면……'

쉬운 일은 아니다. 하지만 그걸 찾을 수 있다면 어쩌면 기회를 잡을 수 있을지도 모른다. 그리고 그걸 할 수 있는 것은 유일하게 기억을 볼 수 있는 노형진뿐이다.

"이 차란 말이지."

노형진은 차를 보고 고개를 끄덕거렸다. 상당한 자리에 있는 만큼 차 자체도 좋은 것이었다.

"차만 좋으면 뭐해. 인성이 개떡인데."

노형진은 툴툴거리면서 차에 손을 올렸다. 그러나 순간 당황했다.

"어?"

차에 있는 기억을 읽어서 행적을 파악하려고 했는데, 차를 타지 않았던 것이다.

"뭐지? 차를 타지 않았다고?"

노형진은 분명 수술 전날에 술을 마신 것이라 생각했다. 간단한 수술인 만큼 술을 마시지 않으면 실수할 리 없다고 생각했기 때문이다. 그런데 정작 차를 탄 적이 없다니.

"이런 말도 안 되는……."

노형진은 곰곰이 생각에 빠졌다.

'술을 먹으려고 차를 안 가지고 갔나?'

하지만 서지우 교수의 성격을 생각하면 그럴 가능성은 그다지 높지 않아 보인다. 더군다나 이 차를 애지중지한 나머지 어디에든 끌고 가는 사람이라고 하니 말이다.

'그렇다면 집 근처에서 먹었나?'

잠시 고민했지만 노형진은 그의 집 주소를 찍어 보고는 고개를 흔들었다. 그의 집인 신도시 아파트촌 주변에 먹을 수 있는 곳이라고는 소주나 맥주를 파는 정도의 술집이 다였다.

'양주에 환장한다고 하니 거기서 먹었을 것 같지는 않은데?'

그렇다면 택시를 타고 갔다는 뜻인데 그럼 대책이 서지 않는다. 일일이 택시를 확인할 수도 없지 않은가?

"택시를 타고 간 건가?"

노형진은 곰곰이 생각에 빠졌다. 하지만 혼자서 택시를 타러 술을 마시러 간다? 그건 아닌 것 같다.

'접대군.'

접대.

일반적으로 이러한 대학 병원에서 한 해에 쓰는 물품의 종류는 다양하다. 그중에서 약은 거의 매일 쓰는 물건이니, 대학 병원은 제약 회사의 최대 거래처일 수밖에 없다.

문제는 그 약에 대한 선택권을 가진 사람은 교수라는 것이다. 당연히 제약 회사에서는 그의 눈치를 볼 수밖에 없는 일. 그래서 제약 회사에서는 대학 교수들을 종종 접대한다.

'양주를 좋아한다고 했지?'

그가 들은 서지우 교수의 성정대로라면 접대를 거절할 리 없고 술을 좋아하는 데다 양주는 더 좋아한다. 그럴 수밖에 없는 것이, 일반적으로 접대할 때는 단순히 밥과 술만 사 주는 게 아닌 소위 뇌물이라고 하는 돈을 준다. 그러니 그로서는 그걸 거절할 이유가 없다.

"젠장! 망할 새끼."

정상적인 의사라면 접대가 있다고 하더라도 그다음 날 수술이 있어서 안 된다고 거절하거나 최소한 수술에 지장이 가지 않을 정도로 마셔야 한다. 하지만 공짜에다가 돈까지 퍼 주니 기분이랍시고 마구 퍼마신 것이 뻔했다.

"그렇다면 곤란한데……. 도대체 어디서 증거를 찾지?"

문제는 접대한다면 어디로 갔는지 알 수 없다는 것이다.

그렇게 노형진이 고민하고 있을 때였다.

"응?"

저 멀리 보이는 차 한 대.

물론 대학 병원에서 차를 이상하게 볼 것은 없다. 그럼에도 불구하고 노형진이 그 차를 유심히 바라보는 것은 차 트렁크에서 열리는 선물들 때문이었다. 대학 병원에 선물이 올일이 얼마나 있겠는가? 당연히 누군가에게 인사하러 오는 것일 뿐이리라.

문제는 입원한 환자를 만나러 온 것치고는 선물의 양이 많다는 것.

노형진은 헐레벌떡 그에게 뛰어갔다.

"이봐요! 잠시만요!"

노형진은 그를 붙잡고 사정을 설명하고 보통 접대에 많이 쓰는 장소가 어딘지 알려 달라고 부탁했다.

"제가 왜 그런 이야기를 합니까?"

"비밀은 지키겠습니다."

"싫습니다."

혹시나 불이익이 올까 봐 말을 안 하려고 하는 남자. 하긴 그럴 수밖에 없으리라.

"그러지 말고 알려 주십시오."

"됐습니다. 누구 인생을 망치려고."

툴툴거리면서 짐을 챙기는 남자.

노형진은 결국 한숨을 쉬면서 고개를 흔들었다. 말로 안 될 거라고 예상했기 때문이다.

"그러면 별수 없지요."

"뭘 어쩌려구요?"

"따라다녀야지요."

"네?"

"말 그대로 따라다녀야지요. 카메라로 찍어서 제대로 인터넷에 올려 줘야지요."

남자는 사색이 되었다.

"미쳤습니까?"

"미친 게 아니라 현실이 그래서요."

노형진은 알려 주지 않는다면 그대로 찍어서 인터넷에 보낼 생각이었다.

"의료 비리를 저지르는 기업을 보면 정부에서 무척이나 좋아하겠습니다."

"끄응……."

카메라가 달린 핸드폰을 들고 따라올 준비를 하는 노형진을 보면서 직원은 얼굴을 찌푸렸다.

"보아하니 어차피 그쪽 직원도 아닌 것 같은데 그냥 알려 주시죠."

"뭐라고요?"

"딱 보니까 약들이 죄다 내과 쪽인데."

외과 쪽은 다른 약을 쓰니 이는 즉, 외과 교수 하나 날아가 봐야 그가 손해 볼 일은 그다지 없다는 뜻이다.

"접대 많이 하는 장소를 알려 준다고 해서 뭐가 바뀌는 것도 아닌데 그 손해를 감수하실 생각입니까?"

그러자 직원은 잠시 주변을 두리번거리다가 결국 노형진에게 다가왔다.

"이거 진짜로 비밀 맞죠?"

"맞습니다. 설마 까발리겠습니까."

"음……."

그는 한참 고민하는 듯 하더니 작은 명함을 건넸다.

"이쪽에 물어보세요."

"여긴?"

"보통 접대할 때 많이 쓰는 곳입니다. 우리도 그렇지만 이쪽도 인맥이 있으니 이쪽에 알아보는 게 훨씬 편할 겁니다. 의사마다 취향에 따라서 가는 곳이 다르지만 이곳은 필수적으로 거치는 곳 중 하나니까요."

노형진은 고개를 끄덕거렸다. 그러자 그는 서둘러 선물 꾸러미를 챙겼다.

"그럼 우리는 만난 적 없는 겁니다."

"네, 우리는 본 적도 없는 거죠."

"그럼 이만."

후다닥 건물 안으로 들어가는 남자.

노형진은 그 모습을 바라보다가 명함을 보았다. 거기에는

'다안'이라고 쓰여 있었다. 그걸 본 노형진은 묘한 표정을 지었다.

"이거 참…… 반가워해야 하나?"

다안.

강남에서 알아주는 유명 요정이다. 하나 일반인들은 그 존재 자체를 거의 모를 정도로 알려지지 않은 곳이기도 하다. 그리고 노형진은 그런 다안에 인연이라 할 만한 것이 있었다.

"후우, 이렇게 만날 거라고는 생각하지 못했는데."

다안. 회귀 전 접대 때문에 자주 다녔던 곳이다. 이곳이 접대로 유명한 건 사실이니까. 그래서 그 직원이 건네준 명함을 보고 의심하지 않은 것이다.

"그나저나…… 그렇다면 그 문제가 이제 시작이라는 소린데."

단순히 노형진이 접대하고 접대받았던 장소여서 다안을 기억하는 것은 아니었다. 그가 다안을 기억하는 것은 의뢰인으로서 만나 그곳에 대해 잘 알고 있기 때문이다.

"그래, 일단 들어가자."

노형진은 그 안으로 들어갔고 안에서 마당을 쓸고 있던 남자가 고개를 갸웃했다.

"여기 아직 안 열었습니다."

간판도 없는 술집이다. 그렇다고 잘못 들어올 일은 없다. 누가 봐도 오래된 한옥이니까 사택으로 보이는데 누가 들어 오겠는가? 결국 아는 사람만 온다는 소리다. 그걸 거침없이 열고 들어온다는 것은 여기가 어떤 곳인지 안다는 소리.

"예약하러 오셨나요?"

"아닙니다."

"그럼?"

노형진은 맨 꼭대기에 있는 건물을 바라보았다. 과거에 한 때 만났던 사람. 그 사람을 다시 만날 시간이었다.

'어째 미래의 인연이 날 따라잡은 느낌이란 말이지?'

하지만 어쩌겠는가? 아무리 그가 잘나가는 변호사라고 해 도 여기는 그의 공간이 아니다. 당연히 그가 먼저 숙이고 들 어가야 한다.

"저기, 손님? 무슨 일로 오셨습니까?"

"아, 죄송합니다. 잠시 정신을 팔았네요."

노형진은 정신을 차리고는 다시 한 번 언덕 맨 위에 있는 건물을 바라보았다.

"안당 마님을 뵈러 왔습니다."

"네?"

"안당 마님을 보러 왔다고 했습니다."

그 말에 마당을 쓸던 직원의 표정이 묘해졌다. 그럴 수밖 에 없는 것이 여기서 대표를 만나러 오는 사람들은 보통 사장님을 찾거나 대표라고 표현한다. 그게 정상이다. 하지만 이 요정의 실질적인 주인은 '안당 마님'이라 불리는 여자였다. 그러나 그걸 아는 사람은 거의 없었기 때문에 그의 얼굴이 묘해졌던 것이다.

"뭐라고 전해 드릴까요?"

"음……."

미래에는 그녀가 그를 알게 되겠지만 지금은 아직 그를 모른다. 그렇다고 그가 여기를 손님으로 온 적이 있는 것도 아니다. 이번 생에서는 그럴 이유가 없었으니까 당연히 그냥 이름을 대고 만나자고 한다면 만나 줄 이유가 없다.

'하지만 그녀가 거부할 수 없는 떡밥이 있지.'

노형진은 그 산을 보면서 입을 열었다.

"원당 님의 문제라고 하면 아실 겁니다."

그러자 마당을 쓸던 직원은 지금까지와는 비교할 수 없을 정도로 눈이 커졌다.

⚖️

"원당 님의 문제라고?"

눈앞에 있는 노인네는 목소리가 카랑카랑했다. 그녀는 이제 나이 예순을 넘어서 일흔이 다 되어 가고 있었지만 여전히 쪽 찐 머리를 하고 고운 한복을 입은 채로 마치 소나무처럼 그 자리에 앉아 있었다.

"반갑습니다."

노형진은 인사를 건넸지만 그녀는 단호했다.

"그래서 원당 님의 문제라고 했다면서?"

'하아, 이 노친네 성격하고는.'

원래 몇 년 후에 만날 때도 그녀의 저 카랑카랑한 성격은 그대로였다. 나이는 먹었지만.

"그렇게 말씀드렸지요?"

"네놈이 원당 님을 어찌 아는 게냐?"

"뭐, 인연이 있었다고 말씀드리겠습니다. 하지만 깊게 이야기하고 싶지는 않군요."

"음……."

요정이라는 세계는 비밀이 많은 세계다. 특히 이런 고급 요정은 더욱 그렇다. 그렇기 때문에 아무리 이 다안의 실질적인 주인이라고 해도 건드릴 수는 없다.

"그러면 원당 님의 소원은 알겠군."

"그렇지요. 그리고 원당 님과 안당 마님의 사이도요."

그 말에 눈썹이 꿈틀거리는 노인이었다.

"너 같은 애송이가 그런 것까지 안다고?"

"그렇습니다."

"웃기는군."

너무 잘 안다고 생각하자 사기라고 생각한 안당은 비웃음을 날렸다. 하지만 노형진의 다음 말에 그대로 얼어붙었다.

"그리고 누구를 찾는지도 잘 알고요."

"뭐?"

"누구를 찾는지 잘 알고 있습니다. 안 그렇습니까, 안당 마님? 아니, 조말숙 여사님?"

안당의 몸이 부들부들 떨렸다. 조말숙. 그녀가 수십 년간 쓰지 않았던 이름. 그 이름을 아는 사람을 만날 거라고는 생각지도 못했던 것이다.

"거기 누구 있느냐!"

"네, 마님."

"주변의 사람들을 물리거라."

"네?"

"주변 사람을 물리라고 했다."

"네, 마님."

대답하고 난 후 잠시 소란스러운 듯하더니 주변에 침묵이 찾아왔다.

"내 이름은 어찌 알았느냐?"

"인연이 닿았다고 해 두죠."

"웃긴 인연이로고."

곰방대를 빨면서 묘한 표정을 하는 그녀. 하긴 수십 년 만에 들어 본 이름이니까.

"머리에 피도 안 마른 것이 별걸 다 아누."

"뭐, 그런 것도 있는 거죠."

"고얀 놈 같으니라고. 여봐라. 누가 술 한 상 봐 오너라."

"아까 사람을 물리셨습니다."

"끄응…… 나이가 있다 보니 가물가물하구만."

"단순한 나이 문제가 아닐 텐데요?"

잠시 노형진을 바라보던 안당, 아니 조말숙은 한숨을 푹
쉬었다. 모든 걸 알고 있는 듯하니 더 이상 감춰 봐야 무슨
소용이 있나 싶은 생각이 들었던 것이다. 게다가 도리어 그
가 진짜 자신의 꿈을, 아니 자신과 원당의 꿈을 이뤄 줄지도
모른다.

"그래, 말해 보거라. 어디까지 알고 있느냐?"

"원당 님과 말숙 여사님이 깊은 관계였다는 것도, 하지만
말숙 여사님이 아이를 가지지 못하신다는 것도, 그리고 원당
님이 북한에서 오신 분이며 자신의 혈육을 찾고 싶어 하신다
는 것도 다 압니다."

"결국 네놈은 우리에 대해 다 아는데 나는 네놈을 모르는
거구나. 고약한지고."

원당은 북한에서 온 실향민이었다. 그리고 말숙은 그에 비
하면 상당히 나이 어린, 공장에서 일하는 직원이었다.

말숙의 인생이 바뀐 것은 그 공장에서 독한 화학약품을 무
단으로 사용하면서였다. 그게 얼마나 위험한지 알려 주지도
않았고 누구도 경고하지 않았기 때문에 직원들은 무심결에

그걸 다루었는데 그로 인해 그 직원들은 모두 불임이 되고 말았다. 그중에는 말숙도 있었다.

"그날 이후로 말숙이라는 이름은 안 썼는데……."

일이 커지자 회사는 세 달 치 임금을 주고는 그들을 강제로 쫓아냈다. 그때는 경제개발이라는 이름하에 모든 것이 허용되던 시기라 저항할 수도 없었던 그녀는 결국 그렇게 쫓겨났다.

그 후에 그녀는 이곳 다안에 들어왔다. 어려서부터 미색이 뛰어났던 그녀가 갈 곳이라고는 거의 없었으니까.

그리고 그곳에서 거의 아버지 나이뻘이었던 원당을 만났다. 처음에는 주인과 직원으로 만난 그들이지만 세대를 뛰어넘는 연인이 되었고 결국 원당이 죽고 나서 그녀는 '안당'이라는 이름으로 이 가게를 물려받았다. 하지만 모든 문제가 끝난 것은 아니었다.

"점쟁이라도 되는 것이냐?"

"뭐, 비슷합니다. 변호사거든요."

"그야말로 무당이로군. 나 오래 살겠냐?"

노형진은 살짝 미소를 지었다.

"쯧쯧, 그럴 줄 알았다."

자궁을 못 쓰게 만들어 버린 화학약품은 그녀의 머리에도 영향을 주기 시작했다. 치매가 온 것이다. 더군다나 몸 상태도 좋지 않다. 문제는 원당도, 조말숙도 아이가 없다는 것.

원당은 북에 있는 자식 놈 생각에 결혼을 꿈도 꾸지 못했다. 어쩌면 조말숙이 아이를 가질 수 없어서 사랑에 빠진 것일지도 모른다.

"그렇게 다 안다면 아이가 어디에 있는지 아느냐?"

원당의 마지막 소원. 자신의 혈육을 남한으로 데려와서 이 가게를 넘겨주는 것.

그의 마지막 소원은 안당에게 넘어왔고 안당은 그걸 위해서 평생을 노력했다. 하지만 찾지 못했다. 노형진을 만나기 전까지는 말이다.

"일단…… 안다고 말씀드릴 수 있겠군요."

"뭐라고?"

"정확하게 말씀드리면 그 아이는 지금 여기 대한민국에 있습니다. 북한이 아니라요."

조말숙은 너무도 놀라서 들고 있던 곰방대를 떨궜다. 그렇게 평생을 찾아 헤매던 아이가 한국에 있다니.

'그러니 못 찾지.'

오로지 북한만 찾아 헤맨 조말숙이었다. 그래서 북한의 브로커에게 몇 억씩 뜯기고는 했다. 하지만 북한에서 아무리 찾아 헤맨다 한들 한국에 있는 사람을 어찌 찾겠는가?

결국은 죽었다고 생각하고 포기한 상황이었다.

"어디냐? 어디에 있느냐?"

노형진은 그녀를 바라보았다. 여기가 승부처였다.

'과연 그녀는 어떤 선택을 할까?'

직접 그를 찾았기 때문에 어디에 있는지 잘 알고 있다. 그러나 지금은 그녀의 가게인 다안에서 벌어진 일에 대한 증거가 필요하다.

문제는 요정에서 벌어진 일은 절대로 문 너머로 드러나지 않는다는 것.

"그런 정보를 그냥 드릴 수는 없지요."

그 말을 하자 아니나 다를까, 조말숙은 순간 흠칫하더니 다시 침착하게 곰방대를 잡았다. 그리고 거기에 담배를 채우고는 불을 붙이고 쭈욱 들이켰다.

"그래, 돈이 필요한 것이냐?"

"아닙니다."

"그럼 아이들 중에 마음에 드는 아이라도 있는 것이냐?"

"아닙니다. 제가 필요한 것은 고객에 대한 정보입니다."

"불가."

"그렇다면 이 인연 역시 끝이지요."

조말숙이 얼굴을 찡그렸다. 수십 년간의 꿈이 바로 코앞에 있는데 노형진이라는 인간이 힘든 조건을 요구하고 있기 때문이다.

"아무리 네 녀석이 그렇게 말해도 카메라나 녹음기를 설치할 수는 없다. 비록 술집이라고 하나 수십 년을 지켜 온 곳이다."

"압니다. 무슨 비밀을 캐내려고 하는 게 아닙니다."

사실 비밀을 캐내려고 카메라나 녹음기를 설치할 생각이었다면 이곳에 오지도 않았다. 조말숙의 성격을 알기에 절대로 허락하지 않을 거라는 것도 알기 때문이다. 하지만 그에게 필요한 것은 그게 아니기에 혹시나 하는 마음으로 온 것이다.

"그럼?"

"그날 술에 취해 있다는 증거가 필요합니다."

"술에 취해 있다는 증거?"

"그렇습니다."

"여기서 안 마신 놈일 수도 있는데?"

"말숙 님의 힘은 그 정도가 아닐 텐데요."

　말숙은 조용히 노형진을 바라보다가 뒤로 물러났다.

"고얀 놈."

"고얀 놈이라 죄송합니다."

"내 살다 살다 너같이 뻔뻔한 놈은 처음 봤다."

"그 말도 많이 들었지요."

'특히 여사님한테요.'

　그에게 일을 맡기고도 맨날 뻔뻔하다고 툴툴거린 것이 그녀였다. 물론 그렇다고 해서 그녀가 노형진을 미워한 건 아니었다. 도리어 친해서 그랬다. 이곳에서는 대부분 그녀의 존재감을 알기 때문에 극도로 조심하는 것이다.

"이름하고 소속을 적어 두고 가거라. 내 알아보마."

"기다리고 있겠습니다."

노형진은 서지우 교수와 직위를 적어 두고 바깥으로 나왔다. 그리고 한숨을 내쉬었다.

"휴우, 이 짓도 못 해 먹겠네."

여전히 호락호락하지 않은 그녀였다.

⚖️

"잡을 게 없습니다."

임진기는 얼굴을 찡그렸다.

"잡을 게 없다니요?"

"너무 깔끔하고 완벽하게 처리해 놨습니다. 이 상태로는 사람이 죽을 이유가 없어요."

"약학적으로는 말이지요."

"네, 결국은 그가 완전히 술에 취해서 수술했다는 것 말고는 방법이 없어 보입니다."

노형진은 얼굴을 찡그렸다. 그렇다면 결국 믿을 만한 건 아직도 연락이 오지 않는 그곳뿐이다.

"혹시나 나중에 자신이 안 했다고 할 수도 있습니까?"

"그렇지요."

"그럼 그 책임은 누가 지게 되죠?"

"일단은…… 그 안에 있는 다른 의사가 질 겁니다. 하지만 그라 해도 그것까지 받아들일 수는 없죠."

"왜죠?"

"그랬다가는 그의 의사로서의 생명이 끝나니까요."

의료사고로 사람을 죽인 의사. 그 타이틀은 죽을 때까지 따라다닐 것이고 결국은 개업은커녕 의사 자격이 박탈될 수도 있는 문제다. 그러니 아무리 서지우 교수가 무섭고 지랄한다고 해도 결국은 사실을 말할 수밖에 없다.

'하긴 애초에 서지우 교수를 무서워하는 이유가 그것 때문이지.'

서지우 교수가 무서운 이유는 그가 사회적으로 매장시킬 힘이 있기 때문이다. 그런데 서지우 교수가 그 힘을 잃어버리면 누가 그를 편들어 주겠는가?

"결국은 양심선언을 할 테고 실질적으로 그 한 번으로 끝나지는 않을 겁니다. 아마 한 명이 시작하면 한꺼번에 터지겠죠."

"왜유?"

유명한은 고개를 갸웃했다. 이번 한 번에 대한 게 아니라 그동안 벌어진 일에 대한 모든 일을 양심선언 한다는 게 그에게는 이해하지 못할 일이었던 것이다. 보통은 사건을 은폐하려고 최대한 적게 말하기 때문이다.

"그건 의료계의 고질적인 병폐 때문에 그런 겁니다. 쉽게 말해서 이번 건에 대해서 증언한다고 하더라도 결국 서지우 교수는 그 증언을 한 사람들을 사회적으로 매장시키려고 할 거라는 거죠."

"아!"

"맞습니다. 그렇다면 그들에게 남은 방법은 하나뿐입니다."

과연 그 서지우 교수과 반성하고 다시 살아갈까?

아니다. 그런 사람은 반성보다는 그 자신에 대해서 까발린 그 당시 스태프들을 사회적으로 매장시키려고 할 것이다. 그 걸 막기 위해서는 그동안 그가 저지른 모든 일을 터트려서 그가 사회적으로 매장되게 만드는 수밖에 없다.

"그렇기 때문에 서지우 교수는 필사적으로 막으려고 하는 겁니다."

그럴 것이다. 서지우 교수가 교수의 자리에까지 올라가면 서 그 세계의 규칙을 알지 못할 리 없고 만일 힘이 빠지면 말 그대로 하이에나처럼 그를 물어뜯을 게 뻔하기 때문이다.

"결국은 그가 그날 접대받은 것을 증명해야겠군요."

"하지만 쉽지 않을 텐데요?"

"그럴 겁니다."

그걸 증명할 수 있다면 얼마나 좋겠는가? 결국 모든 카드 는 조말숙에게 달려 있었다.

⚖

며칠 뒤 퇴근하는 노형진 앞으로 외제 차 한 대가 나타났다.

운전기사는 자연스럽게 내려서 노형진에게 문을 열어 줬다.

"어르신이 기다리고 계십니다."

노형진은 그 소리에 잠시 운전기사를 바라보다가 거기에 탔다. 이런 식으로 그를 부를 사람은 사실상 한 명뿐이기 때문이다.

아니나 다를까, 노형진이 도착한 곳은 다안이었다.

"오래 걸리셨네요."

"잡소리가 나오는 건 질색이거든."

하긴 누가 자신의 뒤를 캐고 다닌다는 것을 알면 서지우가 좋아할 리 없다.

그녀는 구석에 있는 서랍에서 뭔가를 꺼내서 쭉 밀었다.

"이건?"

"왜?"

조말숙이 건넨 것은 다름 아닌 CD였다.

"요즘 시대에 누가 이런 걸……."

"불만이가?"

노형진은 그 말이 피식 웃었다.

"고얀 놈 같으니라고. 늙은이를 그렇게 고생시키니까 좋드냐?"

노형진은 그저 미소만 지었다. 물론 속으로는 절대 웃을 수가 없었다.

'내가 당신이 찾는 그 사람을 찾느라고 얼마나 고생했는데.'

진짜 사회 초년 변호사로서 멋모르고 의뢰받았다가 온갖 개고생을 하면서 찾았다. 나중에야 그 일이 흥신소에서도 꺼리는 일이라는 사실을 알았지만 말이다.

　'뭐, 그래도 그 덕분에 큰 변호사가 되었지만.'

　그나마 다행인 것은 그 사건 이후 노형진이 고생한 걸 알아서인지, 아니면 그렇게 노력한 걸 보고 믿을 만한 사람인 걸 알아서인지 조말숙이 적극적으로 그를 다른 사람들에게 소개시켜 줬다는 것이다. 그 덕분에 노형진은 아주 빠르게 변호사들의 세계에서 성장할 수 있었다.

　"그래서 그 아는 어디에 있나?"

　"일단 확인은 안 해도 되겠지요?"

　"내가 사기를 치는 년으로 보이나?"

　"아니요. 그럴 리가요."

　노형진은 CD를 가방에 조용히 챙겼다. 그리고 미소를 지었다.

　"어디 있는지는 아는데 쉽지는 않을 겁니다."

　"무슨 소리인가?"

　"결국 이걸 넘겨주고 싶은 게 꿈 아닌가요?"

　"그분의 꿈이기도 했으니 내가 이루어야지."

　노형진은 고개를 끄덕거렸다.

　어차피 이제 그가 간섭할 일은 아니다. 이후의 일은 말숙이 알아서 해야 한다. 사실 그것까지 간섭하기에는 그가 해야 할 일이 너무 많았다.

"알겠습니다. 그럼 그분이 있는 곳을 알려 드리지요."

노형진은 그 장소에 대해서 천천히 입을 열었다.

"이거 확실하지?"

"그렇지요."

카메라에 나오는 장면은 어떤 CCTV의 장면이었다. 위치 상 일반적인 방범용이 아니라 개인이 비상용으로 설치한 듯 했다.

'이런 걸 찾아내다니 그 노친네, 역시 만만하게 볼 사람이 아니라니까.'

살다 보면, 특히 법 쪽의 일을 하다 보면 아무래도 좋은 것 만 보지는 못한다. 그러다 보니 그쪽 세계에 대해서도 어느 정도 알고 있는 노형진이지만 이런 세계에서 힘을 발휘하는 그녀의 힘에 자신도 모르게 혀를 내둘렀다. 그럴 수밖에 없는 것이 이런 어둠의 세계는 일반적인 세계보다 훨씬 남성적 파워가 더 강하기 때문이다. 그럼에도 불구하고 그걸 암중에 움직이다니.

"그나저나 이걸로 된 걸까요?"

"아니요."

"네? 이렇게 완벽한 증거가 있는데도요?"

영상 속의 서지우는 술에 취해서 휘청거리면서 제대로 몸도 가누지 못하고 있었다. 그 카메라에 찍혀 있는 시간은 수술이 있는 날 새벽 3시 20분. 수술이 있던 시간이 10시 30분인 걸 감안하면 절대로 정상적으로 수술할 수 없는 상황이었다.

"일단 반전할 수 있는 정보는 찾아낸 겁니다. 하지만 전에도 말씀드렸다시피 의료 소송이 불편한 이유는 그 책임을 우리가 증명해야 한다는 겁니다."

"이거로는 안 된다고요?"

"이 증거는 그가 술을 마셨다는 증거밖에 안 됩니다. 우리가 찾아야 하는 증거는 그가 수술을 집도했다는 확실한 증거가 필요합니다. 아니면 증언요."

"이걸 공개하면 스텝에게 뒤집어씌우려고 할 겁니다. 그러면 그게 두려워서라도 누군가는 사실을 말하지 않을까요?"

한광태는 기대를 품고 말했지만 그 현실을 알고 있는 임진기는 고개를 흔들었다.

"아니요. 전에도 말했다시피 이 녀석이 권력을 다 가지고 있는 이상 아무도 입을 열지 않을 겁니다."

발동이 걸리면 막을 수는 없지만 그 발동이 걸리기 전까지는 철저하게 그를 보호할 거라는 뜻이다.

"결국은 누군가 격발해야 합니다. 그래야 사람들이 등을 돌릴 겁니다."

"으으윽……."

만일 그가 힘을 가지고 있다면 누군가 총대를 멜 수도 있다. 실제로도 힘이 강한 경우는 누군가 총대를 메는 대신 감옥에 가는 경우가 많다. 그가 나온 후에도 챙겨 줄 만큼 힘을 가지고 있기 때문이다. 이런 경우도 마찬가지로 누군가 총대를 메고 대신 수술했다고 나설 수도 있다.

더군다나 일반적인 의료사고는 형사처벌까지 하지는 않는다. 실수까지 처벌하면 사고가 나면 위험한 외과 쪽으로 가려 하지 않기 때문이다. 그에 반해서 서지우는 수술 일정이 잡혀 있는 것을 알면서도 몸도 가누지 못할 정도로 술을 마셨다. 그리고 그 상황이라면 응당 물러나야 함에도 불구하고 자존심 때문에 끝까지 직접 수술하겠다고 했다.

결국 이건 실질적으로 업무상 과실치사 정도가 아니라 미필적고의에 의한 살인, 그러니까 누구 하나 죽어도 나는 상관없다는 생각에서 한 것이나 다름없다. 그러니 이건 형사처벌을 피할 수 없다.

그리고 그런 형사처벌을 받으면 실질적으로 아무리 파워

가 강하다고 해도 그 나이대에 더 이상 의사로 활동할 수가 없게 된다. 미필적고의에 의한 살인은 명백한 살인이기 때문이다. 당연히 형사처벌이 따라오며, 기본적으로 살인이니 아무리 사회적인 자리가 높아도 실형을 피하지 못한다. 즉, 누군가에게는 살인이지만 다른 사람에게는 실수가 될 것이다. 그러면 서지우가 누군가에게 총대를 메도록 할 거라는 건 너무나 당연한 일.

"그걸 막아야 합니다."

"어떻게요?"

"그게 문제이긴 하군요."

"하지만 무슨 수로 그걸 막는다는 거죠?"

노형진은 곰곰이 생각하다가 미소를 지었다.

"결국 믿음이라는 것은 아주 얇은 유리 같은 겁니다."

"네?"

노형진의 말에 두 사람은 고개를 갸웃할 수밖에 없었다.

서지우는 기분이 좋지 않았다. 얼마 전에 자신이 한 실수를 가지고 아무것도 모르는 녀석이 소송하려 한다는 이야기를 들었기 때문이다.

"쌍놈의 새끼. 쥐뿔도 모르는 새끼가 이게 얼마나 힘든 일인데 그 수고를 몰라주고 고소를 해? 사람이 말이야, 일하다 보면 술을 마실 수도 있고 실수도 할 수 있는 거지. 원래 우리나라는 술을 마시고 실수하는 건 다 용서해 주는 거 몰라?"

"하모 그렇습니데이."

유명한은 히죽거리면서 그의 비위를 맞춰 주고 있었다. 그러면서도 한편으로는 자신이 왜 점점 이상한 일만 하는 건지 고민했다.

'난 변호사인데 왜 이러고 있나.'

물론 싫다면 안 하면 그만이다. 그렇지만 어느 순간 스스로 그걸 즐기고 있다는 사실을 깨달았다.

"아랫것들은 말이야, 결국은 세상을 모르는 천치들이라고."

"하모예. 선상님 말씀이 맞습더."

모 기업의 영업 직원인 척 접근한 유명한이었다. 그는 자신을 영업 직원이라고 소개했는데 그러자마자 서지우는 당연하다는 듯 접대를 요구했다. 그래서 유명한은 그를 데리고 접대라는 것을 하고 있었다.

"우리 약 좀 잘 좀 봐주이소."

"그럼, 그럼. 내가 잘 봐주도록 하지."

그렇게 말하는 서지우였지만 실상 잘 봐줄 생각은 없었다. 사실 접대하는 곳이 한두 곳이 아니다. 정확하게는 접대는 다 한다. 접대는 자신의 약을 써 달라는 뜻에서 하는 게 아니라 약을 심사할 때 불이익을 받지 않기 위해 하는 것이다. 그렇기에 각 제약사들은 울며 겨자 먹기로 접대하는 것이다.

"어머, 오빠, 몸 진짜 좋다."

"내 몸이 좋지. 으하하하."

서지우는 아가씨들의 접대를 받으면서 좋아하는 양주인 레미 마틴을 연신 들이켰다.

"캬, 죽이네."

"잘 부탁드립니데이."

"암, 암, 잘해 줘야지."

사실 이런 룸살롱에서 거나하게 취한 그는 비틀거리면서 자리에서 일어났다.

"으으…… 가야지."

"잠시만예. 바로 모셔다 드리겠습니데이."

"그래그래."

비틀거리면서 나온 그는 자신의 차로 향했다. 그리고 '삑' 하는 소리와 함께 문을 열었다.

"아이고, 교수님예. 운전하시면 안 된다카예."

"닥쳐. 운전은 내가 한다."

아니나 다를까, 그는 비틀거리면서 운전석에 앉았다. 유명한은 몇 번 말리다가 결국 옆자리에 앉았다.

"이러시면 안 되는데예."

"시끄러워. 내가 운전한다는데 누가 말려?"

그는 비틀거리면서 시동을 걸더니 천천히 그곳을 빠져나

갔다. 그런데 그걸 보며 미소 짓고 있는 어떤 사람이 있었다.

"역시 그렇군."

술을 진탕 먹고 수술하는 인간이 과연 운전을 안 하겠는가?

아니나 다를까, 그는 술을 마시고도 똥고집을 부리면서 직접 운전하기 시작했다.

물론 그걸 유도한 것은 노형진이었다. 그의 성격상 이렇게 할 거라고 예상했기 때문에 노형진은 유명한을 접근시켜 고의적으로 그가 가고 싶어 하는 곳으로 가게 했다. 당연히 서지우는 자신이 원하는 곳으로 유명한을 끌고 움직였다. 돌아가는 길은 하나뿐이니 미리 준비하는 것은 어렵지 않았다.

"출발했습니다. 준비는 끝났나요?"

"준비 끝났네. 상황은 어떤가?"

"완전히 고주망태입니다. 제대로 운전하는 게 신기할 정도인데요?"

"그래? 알았네. 바로 준비시키지."

"네, 저도 바로 그곳으로 가겠습니다."

노형진은 멀어지는 차를 보면서 승리의 미소를 지었다.

"네놈의 본모습을 낱낱이 드러내 주마. 후후후."

서지우는 그걸 모른 채 차를 끌고 자신의 집으로 가고 있었다. 그런데 그곳에서 시 외곽에 있는 신도시로 가려면 아무래도 새로 생긴 도로를 지나야 했다.

이른 새벽이고 또 새로 생긴 신도시다 보니 도로는 썰렁했다. 서지우는 그곳에서 휘청거리면서 운전을 계속하고 있었다.

"역시 운전은 스피드지!"

마구 과속하면서 달리는 그였다.

그렇게 얼마나 갔을까.

"으악!"

갑자기 눈앞에 시커먼 물건이 나타났다. 일반인도 피하기 쉽지 않은 상황인데 술까지 취한 서지우가 그걸 피할 수 있을 리 없었다.

결국 서지우는 그걸 엄청난 소리와 함께 들이받았다. 워낙 튼튼하게 만든 외제 차인지라 차에는 큰 문제가 없었지만 서지우는 뭔가를 쳤다는 생각에 술이 깨는 것 같았다.

"내…… 내려서 확인해야……."

의사로서의 직업정신이 그런 생각을 하게 만들었지만 두 손이 핸들에서 떨어질 생각을 하지 않았다. 유명한은 그런 서지우를 보고는 잽싸게 내려서 그 물체로 다가갔다. 그리고 기겁했다.

"헉! 뭐, 뭐여! 사, 사람……!"

그 말에 핸들에 머리를 대고 있던 서지우는 어렵게 고개를 들었다. 그리고 헤드라이트에 비치는 사람의 두 다리를 보고 정신을 놓아 버렸다. 자신이 사람을 쳐 버린 것이다.

"서…… 선생님……."

"나…… 난 모르는 일이야!"

"네?"

"난 모르는 일이라고!"

서지우는 눈이 돌아갔다. 안 그래도 지난번 소송으로 분위기가 좋지 않은데 이게 걸리면 심각한 문제가 된다.

"숨을 안 쉬는데예……."

그러자 서지우는 차에서 내렸다. 하지만 딱 봐도 사람은 미동도 없었고 주변에는 피가 흥건했다. 수년간의 외과 의사로서의 경험이 가능성이 없다는 것을 알려 주고 있었기에 그는 자신도 모르게 주춤주춤 물러났다.

"난 몰라……."

"예?"

"난…… 모르는 일이야. 네가 운전했잖아!"

"아니, 선생님, 무슨 말씀이신교! 제가 운전을 했다니예!"

"네가 한 거야 난 몰라! 이거 운전한 사람은 너야!"

그는 주춤주춤 물러나더니 그대로 자신의 집 쪽으로 냅다 뛰기 시작했다. 어차피 집에 거의 다 왔으니 거기에 가서 모든 흔적을 지울 생각이었다.

"선생님예!"

"몰라! 네가 운전한 거잖아!"

냅다 뛰어서 도망가는 서지우.

"선생님예!"

유명한은 그런 그를 따라가는 듯하더니 천천히 속력을 멈

추고는 그가 도망가는 것을 그대로 바라보았다. 그리고 몸을 돌려 차가 있는 곳으로 가서 옆을 향해 소리 질렀다.

"갔어유!"

그러자 어둠 속에서 나오는 사람들. 그들은 피식 웃으면서 차가 있는 곳으로 향했다.

"이럴 줄 알았지."

그들은 쓰러진 사람이 있는 곳으로 향했다. 하지만 거기에 있는 것은 더미, 그러니까 자동차 시험을 할 때 충돌 테스트 용으로 쓰는 인형이었다.

"이거 빌려 오기를 잘했네요."

"아무래도 일반 마네킹은 깨질 테니까요."

남상주는 다가와 더미의 상태를 확인하면서 피식 웃었다. 피범벅이 된 더미 인형은 사람처럼 검은 옷에 검은 양말과 검은 구두까지 전부 검은색으로 통일되어서 어둠 속에서 보면 정말 사람 같았다.

"그나저나 진짜 확인하지 않고 도망가는군요. 의사로서 책임감을 가지고 확인할 줄 알았는데요?"

이번 일을 총지휘한 고문학은 어이가 없다는 듯 중얼거렸다. 상식적으로 의사로서 사고가 나면 그 사람을 확인하고 치료하는 것이 기본이다. 그런데 서지우는 뒤도 안 돌아보고 도망친 것이다.

"그런 사람이라면 애초에 술 마시고 수술할 생각을 하지 않았겠지요.”

뒤늦게 도착한 노형진은 다가오면서 인형의 상태를 바라봤다. 아마도 사람이었다면 즉사를 면치 못했을 것이다.

“그러면 이제 그 녀석의 본모습을 까발릴까요?”

⚖️

서지우는 매일같이 비명을 지르면서 일어났다. 자신이 저지른 사건에 대한 악몽으로 인해 제대로 잠을 잘 수가 없었던 것이다.

“이런 젠장…… . 망할 놈 같으니라고.”

그러나 그가 꾸는 악몽은 누군가 죽어서 꾸는 게 아니라 혹시나 경찰이 자신을 잡으러 오는 게 아닌가에 대한 꿈이었다.

“염병할…… .”

그는 식은땀을 흘리면서 일어나서 샤워하고 다시 병원으로 향했다. 그가 교수인 것도 있지만 오늘은 오후 진료인지라 느긋하게 출근할 수 있는 날인데도 잠자리가 뒤숭숭해서 그런지 도무지 더 이상 잘 수가 없었던 것이다.

그러나 병원도 도착한 서지우는 가슴이 철렁했다.

“네…… 네놈은!”

그의 진료실 앞에서 안절부절못하고 서서 왔다 갔다 하는 남자. 자신에게 접대했던 그 남자였다. 이름이 유명한인가

하는.

"교수님!"

"이런 뻔뻔한 놈! 여기가 어디라고 온 거야!"

"교수님, 제발 자수해 주이소! 제가 모든 걸 뒤집어쓰게 생겼습니더!"

"헛소리하지 마!"

"교수님예!"

"네놈이 운전한 거야! 기억 안 나? 네놈이 운전했잖아!"

"교수님이 운전하셨잖습니꺼! 제발 자수해 주이소! 이대로 는 제 인생이 박살 납니데이!"

"개소리하지 마! 네까짓 놈 인생이 박살 나든 말든 나랑 무슨 상관이야!"

유명한이 서지우를 잡고 대성통곡을 하자 사람들이 모여 들었다.

"교수님! 제발예!"

"웃기는 소리 하지 마! 내가 왜 네놈 인생 따위를 책임져 야 하는데!"

고래고래 지르는 서지우. 그리고 절박하게 매달리는 유명한.

그걸 본 사람들은 웅성거리며 당연히 그 이유를 찾기 시작 했다.

"무슨 일이래요?"

"무슨 일이 있었데요?"

간호사들부터 의사들, 인턴들, 환자들까지 모여들었는데 다들 이 상황을 이해하지 못해 사정을 아는 사람을 찾았다.

"무슨 일이래요?"

"글쎄요?"

　물론 그 사정을 아는 사람은 없었다. 그러나 노형진은 이미 그 안에 사람을 심어 둔 상황.

　단 한 명. 그 단 한 명의 말이 세상을 바꾸는 경우도 있는 법이다. 지금처럼 말이다.

"음주 운전으로 사람을 쳤는데 저기 있는 사람한테 뒤집어씌운 모양이에요."

"네?"

"그게 무슨 소리예요?"

"아까 경찰이 하는 말을 들었는데 음주 운전을 하다가 사람을 쳤는데 거기에는 저 남자뿐이었대요."

"그래요?"

"그런데 그곳에 발견된 게 저 교수님 차였다지 뭐예요? 저 남자의 말로는 교수님이 술 마시고 운전하다가 사람을 쳤는데 자신한테 덮어씌우고 도망갔다고 하던데요?"

"설마요."

　그들은 이런저런 이야기를 하기 시작하자 할 일을 마친 직원은 조용히 그곳에서 빠져나왔다. 그러나 그 이야기는 남아서 점점 살이 붙고 있었다.

"그러고 보니 오늘 교수님이 자기 차를 끌고 오지 않았어?"

"그러고 보니 그러네? 교수님이 그 차를 애지중지했잖아?"

"맞아. 근데 생각해 보니 오늘은 택시 타고 왔네?"

갑자기 말이 많아지는 사람들. 하지만 그런 것을 알지 못하는 서지우는 그저 이 상황을 벗어나고만 싶었다.

"경비! 경비! 경비, 뭐하나! 당장 이 새끼를 끌어내!"

"교수님예! 한 번만 아니라고 말씀 좀 해 주이소! 제가 아니라고 말씀 좀 해 주이소!"

"닥쳐! 난 몰라! 모르는 일이야! 그날 운전한 건 너야!"

광기에 물들어서 외치는 그를 보면서 사람들은 눈살을 찌푸릴 수밖에 없었다.

⚖

"이제 슬슬 다 끝난 것 같기는 하네."

며칠간 그렇게 가자 온 병원에 소문이 파다하게 났다. 서지우가 음주 운전 중에 사람을 쳤다는 소문이 말이다.

물론 그 명확한 증거는 없었다. 사람들이 본 것이라고는 아침마다 찾아와서 읍소하는 어떤 남자뿐이었다. 그러나 그를 볼 때마다 서지우는 질겁해서 경비를 불러 댔으니 사람들이 의문을 가질 수밖에 없었다. 그러던 와중에 새로운 사실이 그들 사이에 퍼졌다.

"그 이야기, 들었어?"

"무슨 이야기?"

"교수님 차 있잖아. 수리소에 들어갔는데 피 칠갑을 하고 들어갔대."

"무슨 소리야?"

"누가 수리소에 차를 맡기러 갔는데 거기에 교수님 차가 있었대. 근데 거기에 피가 묻어 있었다는데?"

"진짜야?"

소문이 소문을 부른다고, 어디서부터 시작된 건지 모를 소문이 빠르게 퍼지자 사람들은 서지우를 경멸의 시선으로 바라보기 시작했다. 그러자 노형진은 그때를 노려서 소장을 접수하고 정식으로 소송을 시작했다. 소송장을 받은 서지우는 부들부들 떨면서 화냈지만 그가 할 수 있는 것은 없었다.

"이 망할 새끼는 뭐야!"

하필이면 이럴 때 소송을 넣다니. 그는 분노했지만 아직 노형진이 파 둔 함정에 빠졌다는 것을 모르고 있었다.

⚖

"이제 반쯤 된 것 같은데요?"

노형진은 씩씩거리면서 병원에서 나오는 서지우를 보고는 피식 웃었다.

"그런데 이런 걸로 과연 주변에서 사람들이 떨어져 나갈까요?"

"나갈 겁니다. 믿음이란 원래 유리처럼 얇은 것이니까요."

안 그래도 지금까지 안 좋은 소리를 듣고 있는 서지우다. 그 상황에서 음주 운전으로 인한 뺑소니 소문까지 돌고 있다. 당연히 사람들이 그를 믿을 리 없다.

노형진이 자신을 비웃는지도 모르고 서지우는 자신이 고소당한 것에 대해서 화내고 있었다.

"이런 젠장."

구속되었는지 어쩐지 모르지만 그 망할 영업 사원은 오지 않았다. 그렇다면 일단 급한 것은 단 하나, 의료사고에 관한 건이었다. 이게 잘못하면 살인죄가 된다는 걸 알고 있는 그는 결국 자신을 지키기 위해서 극단적 선택을 할 수밖에 없었다. 아니, 사실 극단적 선택은 아니었다. 몇 번이나 했던 짓이니까.

"임 선생, 이번에 책임지고 한 번만 물러나면 인생이 편다니까."

임강협은 외과의를 지망하는 레지던트다. 그리고 그날 수술에 참석한 레지던트이기도 했다.

"무슨 말씀이신지?"

"무슨 말씀은, 말 그대로 이번에 자네가 한번 뒤집어서 준다면 내가 자네를 팍팍 밀어준다는 거지."

"그러니까 저보고 그 사건에 대한 책임을 지라는 겁니까?"

"그래, 누가 그 안에서 수술했는지 알 수가 없잖나? 그냥 자네가 눈 딱 감고 했다고 하라니까. 실수니까, 기껏해야 벌금 얼마 나오고 땡이야."

그 말에 임강협은 욕이 절로 튀어나올 뻔했다. 자신이 그날 있었던 건 맞다. 그리고 수술에 참여한 것도 맞다. 하지만 실질적으로 수술을 집도한 것, 아니 휘두른 것은 서지우다. 실수를 이야기했는데도 아무것도 모르는 레지던트 따위가 끼어든다며 성질을 부른 것도 그였다. 그런데 이제 와서 자신이 책임지라니.

'그리고 뭐? 뒤를 밀어줘?'

의료사고를, 그것도 사람이 죽을 정도의 의료사고를 낸 의사의 결말은 뻔하다. 그나마 자리가 잡혀 있을 때는 어떻게 해서든 무마할 수도 있겠지만 자신은 한낱 레지던트일 뿐이다. 어찌 의사 타이틀을 딸 수야 있겠지만 실질적으로 좋은 자리에 취업 자리를 얻는 것은 불가능하다. 그럼 제대로 개업도 못 해 보고 인생이 무너지는 것이다.

'그리고 네놈이 한 짓거리를 생각해 봐라.'

요 근래 돌고 있는, 음주 운전을 한 사람을 죽게 만들고 다른 사람에게 뒤집어씌웠다는 소문. 그게 영 찝찝했다. 찾아와서 이상한 소리를 한 사람도 있었는 데다 그걸 본 사람들이 한두 명이 아니었기 때문이다.

물론 상식적으로 생각해 보면 이상한 점이 많다. 그런 사건이면 일단 경찰이 찾아와야 하는데 경찰은 보이지도 않았다. 그리고 그런 사고를 당한 차가 일반 정비소에 있다는 것도 말이 안 된다. 그럼에도 불구하고 사람들은 반쯤은, 아니 사실상 대부분은 그 사건이 진짜라 생각하고 있었다. 그동안 그가 보여 준 행동 때문이다.

'그래 놓고서 내 뒤를 밀어준다고?'

자신이 한 실수를 남에게 뒤집어씌우고는 뻔뻔하게 무시하는 그의 모습을 본 임강협의 입장에서는 그 말은 도무지 믿을 수 없는 말이었다.

"그럼 교수님, 한 가지만 묻고 싶습니다."

"뭐 말인가?"

"그때 그 사건 말입니다. 진짜로 교수님이 운전한 게 아닙니까? 요즘 말이 많아서 말입니다."

서지우는 발끈했다. 임강협이 가장 예민한 부분을 찔렀기 때문이다.

"야, 씨발…… 지금 너, 나한테 뭐라고……."

화를 내려던 그는 아차 싶었다. 지금 그가 불리한 상황이다. 그는 어떻게 해서든 이것을 벗어나야 한다. 그런 상황에서 화내 봐야 좋을 것이 없다.

'너 이 새끼, 이번 사태만 끝나면 두고 보자.'

그는 애써 웃으면서 말을 꺼냈다.

"그럴 리가 있나? 내가 설마 그러겠어?"

"진짜인가요?"

"그래."

"그러면 요즘 인터넷에서 도는 사진에 대해서 어떻게 생각하십니까?"

서지우는 고개를 갸웃했다. 사진이라는 말에 무슨 소리인가 했기 때문이다. 인터넷 세대가 아닌 그는 요즘 인터넷에서 도는 사진이 뭔지 관심이 없었던 것이다. 하지만 그 소문이 거의 확정적으로 받아들여지는 데에는 다 이유가 있었다.

"무슨 사진 말인가?"

"모르셨습니까?"

"뭘 몰라?"

"인터넷에서 뺑소니의 뒷모습이라는 게시물을 찾아보십시오."

"뺑소니의 뒷모습?"

서지우는 서둘러서 인터넷을 찾아봤다. 그리고 얼굴을 딱딱하게 굳혔다. 거기에는 한 남자가 어둠을 가르며 뛰어가는 뒷모습이 찍혀 있었던 것이다.

물론 그 남자의 모습을 확인할 수는 없었다. 뒷모습만 찍힌 모습인 데다가 특정할 정보는 전혀 없었다. 그 남자의 자동차도 찍혀 있는 듯하지만 보이는 것은 번호판이 아니라 은색의 외제 차의 극히 일부였다.

문제는 그 자동차가 서지우가 가진 차량과 같은 종이라는 것.

"이…… 이건……."

그걸 본 서지우의 눈동자가 격하게 흔들리기 시작했다. 모르는 사람이 본다면 뭔지 모를 사진일 것이다. 하지만 아는 사람이 본다면 누군지 알아볼 수 있을 정도였다. 일단 입고 있는 양복이 서지우가 자주 입고 다니는 양복이었기 때문이다. 그리고 소문과 요즘은 어쩐 일인지 가지고 오지 않는 차까지.

　"교수님, 사실입니까? 진실을 말씀해 주십시오."

　사람을 믿을 수 없는 상황에서 뭘 어떻게 할 수 없었기 때문에 임강협은 아주 대놓고 물어본 것이다. 사실 누가 봐도 서지우가 맞기에 부정할 수도 없지만 말이다.

　"나…… 난 몰라."

　"교수님."

　"난 몰라. 술 마시고 운전은 했지만 음주 운전은 안했다고!"

　말하던 서지우는 자신이 말하고도 순간 아차 싶었다. 술을 마시고 운전은 했지만 음주 운전은 안 했다니, 무슨 말도 안 되는 소리란 말인가?

　"아니…… 그게 아니라 이건 내가 아니라고……."

　하지만 임강협의 얼굴은 이미 확신으로 굳어지고 있었다.

생명의 무게는 얼마인가?

　결국 서지우의 소문은 빠르게 퍼지기 시작했다. 아무리 노
력해도 사실을 감출 수가 없었다. 심지어 그 심각함에 대학
교수협회에서 서지우를 따로 부를 정도였다.

　"이보게나, 서 교수."

　"네, 학장님."

　"요즘 이상한 소문이 돌던데?"

　"네?"

　"자네 말이야, 뺑소니를 쳤다면서?"

　"그건 소문일 뿐입니다!"

　확실히 소문이라고 주장할 수도 있다. 그 이후에 누구도
찾아오지 않았고 아무런 일도 없었으니까. 하지만 서지우는

혹시나 문제가 생길까 봐 그걸 파 볼 용기가 나지 않았다.

"그거야 그렇다고 하지만 이번 건은 문제가 심각해."

총장이 말하는 것은 다름 아닌 수술에 관한 건이었다.

"이번 일은 직접 해결하게."

서지우는 얼굴이 창백해졌다.

"총장님?"

끼리끼리 뭉친다고, 이런 일이 생기면 보통 인턴을 희생양으로 내밀고 자신들은 벗어나는 게 보통이다. 인턴은 실력이 부족한 사람이다 보니 실수로 덮을 수 있어 의사로서의 미래를 이야기하면서 선처를 요구해 벌금 정도만 물면 되기 때문이다.

"이건 배신입니다."

"배신?"

총장의 입에 비웃음이 떠올랐다.

그동안 그의 행동을 모르는 바가 아니었다. 사실 알아도 너무 잘 알았다. 하지만 그럼에도 불구하고 그냥 둔 것은 그가 자신들과 같은 교수의 자리에 있기 때문이다.

하지만 이제 그는 짐이었다. 이상한 소문이 나면서 교수회가 그를 보호하게 되면 큰 문제가 될 수 있음을 알아차린 것이다.

"이보시오, 서 교수. 우리는 의사요. 히포크라테스 선서를 한 사람이 술을 마시고 들어가면 어쩌자는 거요? 그런 실수를 했으면 책임을 져야지."

의대학장의 말에 서지우는 얼굴이 노랗게 질렸다. 그날 자신과 함께 술을 마신 사람이 바로 그였기 때문이다. 그런데 그가 그렇게 말한다는 건 학교에서 자신을 내치겠다고 결정했다는 뜻이기도 했다.

"학장님!"

"서 교수, 아니 이제 전 교수라고 해야겠군요."

서지우는 자신도 모르게 털썩 주저앉았다.

⚖

"빠르군요."

임진기는 학교 측의 행동에 혀를 내둘렀다.

"이미 이슈화되었으니까요."

만일 이번 사건이 이슈화되지 않았다면 아마도 학교에서는 끝까지 그를 보호하려고 했을 것이다. 하지만 인터넷에 도는 소문은 부정하기는 힘들었다. 그가 사람을 치고 도망갔다는 소문 말이다. 물론 그걸 입증한 증거는 하나도 없었다.

'당연히 없지. 모든 게 가짜니까.'

피해자도 없고 가해자도 없다. 경찰에 신고된 것도 없고 시체가 발견된 것도 없다. 그럼에도 불구하고 인터넷에서는 이미 그가 사고를 치고 도망간 것으로 알려져 있었다.

'이게 인터넷의 무서움이지.'

노형진은 인터넷을 언론 플레이의 도구로 사용하는 데에 익숙했다. 하지만 방송과 다르게 인터넷은 통제되지 않는다. 이슈화된 것이 문제가 돼도 그것이 원하는 대로 흘러가지 않는다. 그렇기 때문에 그가 인터넷에 공개한 어떤 증거도 누군가를 특정할 수 없었다. 그저 그런 소문만 돌 뿐이었다.

'하지만 실질적으로 인민재판은 끝났지.'

피해자는 없지만 가해자가 생기게 만드는 방법은 노형진은 잘 알고 있었고 그걸 이용해서 그의 본성을 까발린 것이다.

"이제 그를 위해서 총대를 메줄 사람은 없을 겁니다."

그는 당황해서 서둘러 해직 무효 소송 같은 것을 내고 있었지만 이미 학교에서는 그를 버린 상황이었다. 그리고 위계질서가 강한 의료계에서는 버려진 그를 위해서 총대를 메어주고 대신 사건을 책임져 줄 사람이 한 명도 없었다.

"깔끔하군요."

아무리 의사의 힘이 강하다고 해도 결국 의사라는 집단이 강한 것이지, 의사 자체의 힘이 강한 것은 아니다. 당연히 그 집단에서 버려진 서지우는 아무것도 할 수가 없었다.

"이제 마무리만 하면 되겠군요."

⚖

정식으로 재판에 들어가는 날, 노형진은 서지우를 보고는 혀를 끌끌 찰 수밖에 없었다.

'도대체 며칠 사이에 무슨 일이 있었던 거냐?'

단 며칠 사이에 그는 완전히 피골이 상접한다고 표현해도 될 만큼 말라 있었다. 하긴 그에게 닥친 일을 생각하면 당연한 일이었다.

'자업자득이라더니.'

그가 힘을 잃어버리자 주변에서 호시탐탐 기회를 노리던 수많은 상어 떼가 물어뜯기 시작한 것이다. 그러니 그가 아무리 노력하고 저항해도 그건 이길 수 없었다.

'그러니까 평소에 잘할 것이지.'

노형진은 그렇게 이야기하면서도 그다지 불쌍하게 생각하지 않았다. 비극이긴 하지만 사실 그 비극을 초래한 것은 그 자신이 아니던가?

⚖️

"개정하겠습니다."

재판이 시작되자 안으로 힘없이 들어온 그는 축 늘어진 채로 의자에 앉았다.

"피고, 복장을 제대로 하십시오."

그를 보고 얼굴을 찌푸리는 판사.

보통 재판정에는 옷을 깔끔하게 입고 오는 게 보통이다.

그래야 좀 더 유리한 판결을 받을 수 있기 때문이다. 그런데 그는 그런 상황이 아니었던 것이다. 며칠은 입은 듯한 양복. 풀린 넥타이. 그리고 바깥으로 튀어나온 와이셔츠.

"네, 잠시만 기다리시면⋯⋯."

하지만 그는 마치 석상처럼 움직이지 않았다. 도리어 그의 변론을 담당하는 변호사가 당황해서 그를 마구 다그칠 정도였다.

"흠흠, 개정하겠습니다."

결국 옷을 어찌할 수가 없어서 늘어진 넥타이만 벗는 정도에서 옷을 정리한 변호사. 판사는 그걸 보고 바로 재판을 시작했다.

"친애하는 재판장님, 피고는 과거 모 병원의 유명 의사로 활동하고 있었습니다."

노형진은 차례로 사건 기록을 읽어 나갔다. 그리고 그 기록을 재판부에 넘겨줬다.

"그 전날 피고는 접대라는 명목으로 새벽 4시가 넘는 시간까지 술을 마셨습니다. 그 후에 음주 상태에서 10시 30분경에 이루어진 수술에 참석하여 피해자를 사망에 이르게 했습니다."

노형진이 차근차근 그의 죄목을 읽자 그는 움찔움찔 반응했다. 마지막 자존심이 그를 건드렸기 때문이다.

"거짓말! 거짓말이야!"

이것이 법이다

일어나서 버럭 소리를 지르는 서지우. 하지만 노형진은 그런 그를 가볍게 무시하면서 미리 준비한 CD를 증거로 제출했다. 거래를 통해서 받아 낸 그 물건이었다.

"이에 증거로 그날 그가 지나갔던 가게의 CCTV를 제출하는 바입니다."

"거짓말! 그런 건 없었어!"

'없다고? 웃기고 있네.'

사람들이 워낙 무심하게 지나갈 뿐이지, 이런 카메라는 사방에 널려 있다. 힘이 없어서 못 구할 뿐, 구하는 것은 어렵지 않다.

'경찰이 제대로 해 준다면 고맙겠는데 말이야.'

만일 경찰에서 이런 걸 수사했다면 길거리에 있는 수많은 카메라에서 증거를 찾을 수 있었을 것이다. 하지만 경찰은 이런 사건은 민사사건이라면서 접수 자체를 거부해서 어쩔 수가 없었다.

"그럼 이 동영상에 나오는 게 당신이 아니란 말입니까?"

노형진이 노트북으로 미리 준비된 동영상을 틀자 거기에는 술에 취해 휘청거리면서 접대하는 사람의 부축을 받고 있는 서지우의 모습이 나타났다.

"자세나 복장, 심지어 얼굴까지 본인이 맞습니다. 이미 대학 연구소를 통해서 본인이 맞다고 확인했습니다. 그런데도 아니라고 할 겁니까?"

"아……."

그걸 보던 서지우의 눈동자가 크게 흔들렸다. 아무리 봐도 술을 마신 게 확실했다.

"재판장님, 그것은 피고 서지우가 술을 마셨다는 증거가 될 뿐, 수술을 했다는 증거는 되지 않습니다."

변호사는 애써 변명했다. 누가 봐도 서지우 본인이라 부정할 수가 없었던 것이다.

"술을 마시고 수술은 했지만 음주 수술은 안 했다는 건가요?"

노형진의 말에 격하게 흔들리는 서지우의 눈. 벌써 인터넷에 파다한 그의 말이었기 때문이다.

그런데 무슨 생각에서인지 변호사는 그걸 또 인정해 버렸다.

"그…… 그렇습니다."

"무슨 말장난입니까, 술을 마시고 수술은 했지만 음주 수술은 안 했다는 게?"

"일단…… 명목상에 수술을 집도한 것은 맞습니다. 하지만 그날 수술을 집도한 것은 서지우가 아니라 다른 레지던트였습니다."

"다른 레지던트가 수술했다고요? 그게 말이 됩니까?"

"아무리 술을 마셨다고 해도 그 정도 상식이 없는 건 아닙니다. 그날 수술이 잡혀 있었기 때문에 어쩔 수 없이 들어가기는 했지만 집도 자체는 다른 사람이 했습니다."

'그렇게 나온다 이거지?'

그는 다른 사람이 수술했다는 식으로 사건을 몰아가기 시작했다. 법적으로 볼 때 누가 했는지 확실하지 않은 경우는 특정 인물에게 책임을 묻지 못하게 되어 있기 때문이다.

"그날 수술은 서지우 전 교수님의 이름으로 잡혀 있는데요?"

"그건 맞습니다. 그 부분에 대해서는 도의적인 책임을 질 수는 있습니다. 하지만 그날 술에 취한 나머지 수술실에서 잠들어서 수술은 레지던트가 했습니다."

"증거 있습니까?"

"그날 있던 다른 사람들에게 물어보십시오!"

'그래, 그렇단 말이지?'

퇴출되기는 했지만 아예 끈이 끊어진 것은 아니라는 뜻이었다. 물론 노형진이 그걸 예상하지 못한 건 아니었다. 이런 사건에서 가장 많이 보이는 변론 패턴이기 때문이다.

"그러니까 수술 자체는 다른 사람이 했다?"

"그렇습니다."

"그리고 그건 다른 사람이 이야기해 줄 수 있다?"

"그렇습니다."

"그럼 다른 사람에게 물어보죠. 재판장님, 그 당시 사건에서 수술을 보조했던 수간호사를 증인으로 요청합니다."

"헉!"

진짜로 물어볼 거라 생각하지는 못했던 서지우의 변호사는 숨넘어가는 소리를 냈다. 하지만 눈을 뒤룩뒤룩 굴리며 눈치를 보면서도 아직까지 믿는 구석이 있는 것처럼 행동하는 걸 본 노형진은 이미 어느 정도는 입이 맞춰진 상태라는 것을 깨달았다.

'결국 희생양 만들기라는 건가?'

만일 여기서 서지우가 처벌받으면 병원의 입장에서는 엄청난 부담이 된다. 그에 반해 레지던트는 버리기도 쉬운 패다. 그러니 레지던트가 거절했다고 하더라도 주변에서 그가 했다고 몰아 댈 가능성은 여전히 존재했다.

"증인, 선서하세요."

증인 선서를 하는 수간호사를 보면서 노형진은 약간 입맛을 다셨다.

'어쩐지 너무 순순히 증언한다 했다.'

그렇다는 건 어느 정도 입을 맞추고 나왔다는 소리다. 그가 이 정도로 본격적으로 할 거라 생각하지는 못했을 뿐.

'하긴 그럴 수밖에 없겠네.'

생각지도 못한 사람을 증인으로 내세우는 노형진의 방식. 그걸 저 변호사가 모를 리 없다. 조금만 노력하면 알 수 있는 일이다. 그렇다면 차라리 그럴 가능성이 있는 간호사들의 입을 다 막아 버리는 게 훨씬 좋다.

'누가 수술을 했느냐고 물어보면 결론은 뻔하겠군.'

비록 노형진이 부르긴 했지만, 그녀의 최종적인 목적은 노형진의 뒤통수를 치는 것일 테다.

'이 정도에서 해도 그만이기는 한데.'

일단 술을 마시고 수술실에 들어간 이상 병원의 책임은 인정된다. 그렇다면 손해배상은 받을 수 있다.

'그렇지만 말이지.'

노형진은 희망에 찬 얼굴로 앉아 있는 서지우를 바라보았다. 아까와는 확연하게 다른 모습.

'변호사가 언질해 준 모양이군.'

그럴 수밖에 없는 게 갑자기 옷을 단정하게 하면서 꾸미는 걸 보니 병원에서 이 이상 병원의 이름이 더러워지는 것을 막기 위해 그 레지던트를 희생양으로 삼기로 한 모양이다.

'더럽군.'

"어쩌죠?"

민시아 변호사는 곤란한 듯 노형진에게 넌지시 질문을 던졌다. 만일 증인이 거짓말을 한다면 이겨도 이기는 게 아니다.

"끝까지 가야지요."

노형진은 다른 사람들의 목숨을 위해서라도 그냥 물러날 생각이 없었다. 술을 마시고 수술하는 버릇이 어디 가는 것이 아니다. 음주 운전이 상습이듯이 술을 마시고 뭔가를 하는 것도 상습이다. 더군다나 노형진이 봤을 때 그는 가벼운 알코올중독 증상도 보이고 있었다. 아마도 더 심해지면 심해졌지, 약해지지는 않으리라.

'교수 자리에서는 쫓겨나겠지만.'

이런 경우, 교수 자리는 쫓겨나겠지만 일반 의사 자리에는 남아 있을 가능성이 높다. 그렇다면 다른 사람의 목숨이 위험해질 수도 있는 노릇.

"생명의 무게는 그렇게 가볍지 않다는 걸 직접 느끼게 해 줘야지요."

노형진은 마음을 강하게 먹으면서 자리에서 일어났다.

"증인, 증인은 ○○대학 병원에서 몇 년 근무했습니까?"

"그러니까 15년 근무했습니다."

"그럼 직위가 뭔가요?"

"수간호사입니다."

노형진은 처음에는 차분하게 질문했다. 그런데도 수간호사의 눈에는 불안이 가득했다.

'그쪽에서 원하는 질문을 할 생각 따위는 없거든.'

분명 그녀는 그날 수술을 누가 했는지 물어보기를 기다리고 있을 것이다.

'그리고 그런 경우는 결국 실수하기 마련이지.'

사람은 한 가지에 집중하다 보면 실수하기 마련이다. 결과적으로 노형진이 이기기 위해서는 그 부분을 찾아내야 한다.

"그날 수술하러 온 피고 서지우의 상태는 어땠습니까?"

"그날 술에 취해서 온 것은 확실히 기억합니다."

"평소에 술을 자주 마시는 편입니까?"

"에?"

"평소에 술을 자주 마시는 편이냐고 물었습니다."

"에…… 그러니까……."

"증인! 위증할 생각 하지 마세요! 다 알고 나왔습니다!"

수간호사는 잠시 서지우의 눈치를 봤다. 그리고 생각을 정리했다.

'이런 경우 대답은 뻔하지.'

"네, 자주 마십니다."

어차피 저 인간을 지켜 주러 온 것도 아니다. 그리고 저 인간이 개인적으로 지켜 줄 만큼 좋은 놈도 못된다.

"그렇다면 술버릇이 좋았나요?"

"그다지 좋지 못했습니다."

"어떤 식이었지요?"

"집기를 집어 던지기도 하고 화내기도 하고 사람에게 욕하기도 하고……."

"저런, 고생이 많았군요."

"네…… 고생이 많았지요."

회한이 드는 듯한 얼굴. 노형진은 그런 수간호사를 보다가 서지우를 보았다. 그는 분노로 얼굴이 붉게 물들어져서 부들부들 떨고 있었다.

'속 터지냐?'

자신이 설마 이런 꼴이 될 거라 생각하지 못한 그니 아마도 엄청나게 분노에 치를 떨고 있으리라.

"그러면 술을 마시면 보통 어떤 버릇을 보이던가요?"

"일단 남을 무시하면서 마구 깽판을 쳤습니다."

"남을 무시한다?"

"네."

"어떤 식으로요?"

"남이 뭐라고 하는 것에 대해서 예민하게 반응하고 남이 자신의 일을 도와주려고 하면 거의 미쳐서 날뜁니다."

"그래요?"

"그렇습니다."

"그럼 수술한 날도 술을 마셨습니까?"

"네."

드디어 기다리던 질문이 나온다고 생각했기 때문에 수간호사는 잔뜩 긴장했다.

"그럼 그날……."

"네, 그날 분명 수술한 건……."

"그날 잠꼬대 많이 하시던가요?"

"네?"

너무 당황스러운 질문이었기 때문에 그녀는 어리둥절했다.

"방금 질문이 뭐라고?"

"잠꼬대 말입니다. 잠꼬대는 안 하시던가요?"

"하실 리 없죠. 술에 취하긴 했지만 잠을 자지는 않았거든요."

"그래요?"

"네."

노형진은 고개를 끄덕거렸다.

"좋습니다. 잠을 자지 않았단 말이죠."

"네."

"그러면 그날……."

"그날……."

"화는 많이 내셨나요?"

"네?"

"화를 많이 내셨냐고요."

"네, 아무래도 술에 취하면 그런 게 좀 더 강해지는 편이라서요."

"그럼 가끔 때리고 그럽니까?"

"네."

"그럼 그날도 레지던트가 맞았나요?"

"네, 좀 맞았지요."

노형진은 고개를 끄덕거렸다. 그리고 마지막 질문을 던졌다.

"그럼 본격적인 질문을 하겠습니다. 그날 수술은 누가 했습니까?"

"레지던트가 했습니다."

아니나 다를까, 레지던트에게 책임을 떠넘기는 수간호사.

노형진은 피식 비웃음이 나왔다.

"레지던트가 했다?"

"네."

"수간호사님, 법원에서 위증하면 처벌받는다고 누가 말해 주지 않던가요? 아까 선서할 때 들었을 텐데요?"

"무슨 말씀이신지?"

"평소에도 남이 자기 일을 하거나 조언만 해도 극도로 흥분해서 공격하는 피고가 술에 잔뜩 취해서 들어오더니 수술실에서 자는 것도 아니고 화를 버럭버럭 내면서 레지던트가 수술하는 것을 구경만 했다? 말이 된다고 생각합니까?"

수간호사는 사색이 되었다. 설마 그런 식으로 질문이 묘하게 이어질 거라고는 생각도 못했던 것이다.

"그동안의 피고의 성정이나 행동을 봐서는 그런 상황에서는 남에게 맡길 것 같지 않은데 안 그런가요?"

"그…… 그런…… 건 아니고……."

"그럼 그날 수술한 건 누굽니까?"

"레지던트가……."

"레지던트가 맞아 가면서 수술했다? 그러면 왜 레지던트가 맞았습니까?"

"겸자를 빨리 안 준다고…… 헉!"

말을 하던 그는 당황했다. 자신의 말이 전혀 말이 안 된다는 것을 알아차린 것이다.

"아니, 집도한 것은 레지던트라면서요? 그런데 왜 레지던트가 겸자를 피고에게 안 주는 걸로 맞습니까?"

"……."

"그러면 레지던트는 그 상황에서 맞아 가면서 수술 도구는 술에 취해서 깽판을 치는 피고에게 넘겨주면서 수술했다는 뜻이 됩니다만? 아닌가요?"

"……."

수간호사는 도무지 핑계를 찾지 못했다. 그럴 수밖에 없다. 아무리 생각해도 이건 말이 맞지 않기 때문이다.

"재판장님, 증인을 위증죄로 고발합니다."

재판장은 지그시 수간호사를 바라보았다. 그리고 바로 경비를 불렀다.

"자…… 잠시만요. 제대로 할게요. 하겠습니다. 수술은 저 인간이 했어요."

이제 와서 진실을 말했지만 이미 증인석에서 거짓말한 이상 그녀에게 더 이상 기회는 없었다.

'불쌍하지만 말이지.'

만일 여기서 위증죄로 처벌받는다고 그녀가 병원에서 보상을 받을까? 안 잘리면 그나마 다행일 것이다.

"재판장님! 변호사님! 잘못했습니다! 제바알!"

처절하게 비명을 지르면서 끌려가는 그녀. 그리고 그녀의 위증이 드러나자 서지우의 얼굴은 이제 거의 백지 수준을 창백해졌다.

"재판장님, 마지막에 증인이 나가면서 했던 말을 들으셨다시피 이번 사건에서 수술을 담당한 것은 다름 아닌 피고 서지우입니다. 이상입니다."

노형진이 마지막 질문을 마치고 들어가자 상대방 변호사는 심각한 얼굴로 노형진을 바라볼 뿐이었다.

"이제 뭐라고 할까예?"

"아마도 책임 문제를 피하려고 하겠지요."

결과적으로 가장 힘든 싸움이 남아 있다. 일단 술을 마시고 수술한 것은 증명되었다. 그가 뭐라고 하든 이미 증언은 나왔고 위증한 사람이 위증죄로 잡혀 가자 다른 사람들은 위증은 꿈도 꾸지 못했다.

"하지만 이건 형사가 아닌데유?"

"형사가 아니라 해도 실수와 고의는 그 책임이 다릅니다."

상대방은 분명히 이번 사건이 실수로 일어난 거라 주장할 것이다. 그래야 최대한 배상금을 깎을 수 있기 때문이다.

"그리고 고의성을 입증해야 다음에 있을 형사에서 유리해집니다."

"형사에서요?"

"네, 서지우는 분명히 술을 마시고 무슨 일이 벌어질지도 모른다는 걸 감안하고 있었을 겁니다."

상식적으로 사람의 배를 가르고 내장을 헤집어야 하는 의사가 술을 마시고 수술한다는 건 이만저만 미친 짓이 아니다.

"그걸 증명해야 저 녀석에게 형사처벌을 내릴 수 있습니다. 민사는 어찌어찌 이겼다고 하더라도 결국은 어느 정도의 돈만 받고 끝이니까요."

만일 형사처벌을 하지 않는다면 그는 형사 기록이 없어 의사 면허를 박탈당하지 않을 테니 다른 곳에서 새로운 병원에 재취업하거나 병원을 오픈해서 계속 의사로 활동할 것이다.

"생명의 무게를 모르는 사람을 의사로서 그냥 둘 수는 없지요."

노형진의 말에 한광태는 눈물을 흘리면서 감사의 인사를 건넸다.

"감사합니다, 선생님……. 희망이 없다고 생각했는데."

"뭐, 운이 좋았지요. 언제나 희망이 있는 건 아니지만요."

노형진은 언제나 희망이 있다고 생각하는 사람은 아니었다. 진짜로 아무것도 없는 상황이라는 게 존재하기 때문이다. 그걸 겪어 보지 못한 사람만이 희망을 이야기할 뿐이다.

"하지만 말입니다, 아무리 희망이 없어도 발악하지 말라는 법도 없습니다. 발악하다 보면 언젠가 돌파구가 생길 수도 있는 법이지요."

지금도 그렇다. 만일 한광태가 포기한 채로 주저앉았다면 결국 그는 또다시 술을 마시고 누군가를 수술하고 있을 것이다.

"돌이킬 수는 없지만 추가적인 피해는 막을 수 있지요."

고인이 돌아올 수는 없지만 추가적인 희생을 막은 것만으로도 한광태는 칭찬받을 만했다.

"그렇지만 고의적으로 그랬다는 걸 증명하는 건 어려운 일일 겁니다. 저도 요즘 법을 공부하지만 쉬운 게 아니더군요."

임진기는 얼굴을 찌푸리면서 말했다. 현재 노형진이 노리는 것은 미필적고의에 의한 살인. 그러니까 죽어도 상관없다는 식으로 만드는 것이다.

"하긴 좀 이런 문제가 곤란하기는 하지요."

노형진은 한번 미필적고의에 의한 살인을 겪어 본 적이 있다. 양아치들이 그를 산속에 버려서 얼려 죽이려고 했을 때였다. 하지만 그때는 위험한 곳에 그를 버리려 한 것이 확실해서 입증이 어렵지 않았다.

하지만 이번에는 정당한 수술 과정에서 벌어진 일이다. 그가 만일 수술을 증명한다면 미필적고의에 의한 살인은 되지 않는다. 그렇다면 업무상 과실치사 정도가 될 것이다.

"그냥 편하게 업무상 과실치사로 가면 안 됩니까?"

임진기는 편하게 가고 싶은 모양이었다. 하지만 노형진의 생각은 달랐다.

"물론 그렇게 한다고 해도 우리가 손해 보는 건 없습니다. 이미 그가 수술을 집도했다는 것이 증명되었으니 손해배상은 받을 수 있습니다. 하지만 업무상 과실의 경우라면 의사 면허가 살아남을 가능성도 존재합니다."

더군다나 대한민국은 다른 곳에 비해서 외과 의사가 많이 부족하다. 그리고 판사들도 그 점을 알기 때문에 의료사고에서 의사들의 편을 들어 줄 때, 외과 쪽은 더욱 심하게 편들어 준다. 만일 모든 외과의들이 의료사고로 처벌받는다면 누구도 하지 않으려고 할 것이기 때문이다.

"그래도 우리는 포기하면 안 됩니다. 사실 이건 다른 의료사고와 전혀 다르고요."

다른 것은 말 그대로 사고다. 즉, 실수는 했지만 고의가 없는 사고. 하지만 이건 살인이다. 어떤 미친 의사가 몇 시간 후에 수술이 있는데 술을 마신단 말인가?

"하지만 아무리 그래도 미필적인 고의를 입증하는 게 쉬운 것은 아닐 텐데요?"

이런 사건에서 가장 힘든 것은 다름 아닌 저 인간, 서지우가 술 마시고 수술하다가 누구 한 명 죽어도 된다는 식으로 생각했다는 증거. 그건 내면의 증거이니 꺼내기 힘들 수밖에 없다.

"압니다. 하지만 방법이 없는 건 아니죠."

노형진은 미소를 지으며 임진기를 바라보았다.

⚖

"으아아!"

서지우는 미치고 팔짝 뛸 것 같은 기분이었다.

이유야 어찌 되었건 병원에서는 한 번 더 기회를 줬다. 최소한 의사 면허만 가지고 있다면 어디든 가서 살 수 있다. 그런데 노형진이 수간호사가 위증하는 것을 귀신같이 알아채고 차단해 버리는 바람에 그에게 극도로 불리한 상황이 되어 버린 것이다.

"이 개자식…… 죽여 버릴 거야."

그는 도무지 술을 참을 수가 없었다. 더군다나 일이 이쯤 되자 더욱더 술을 참을 수가 없었다.

"씨발…… 씨발……."

가족들은 일이 터지자 멀어졌다. 그동안 돈 때문에 그의 눈치를 보던 사람들이었는데 그의 인생이 끝장나고 있다는 사실을 알고는 바로 떠나 버린 것이다.

"망할 놈…… 죽여 버릴 거야……. 죽여 버릴 거야……."

그는 그렇게 말하면서 끊임없이 술을 마셨다.

⚖

"흠…… 확실한 증거가 있을 것 같은데."

노형진은 증거를 찾기 위해서 노력하고 있었다. 하지만 감정을 증거로 내는 것은 쉬운 일이 아니었다.

"확실히 이건 무리인가? 내가 기억을 읽을 순 있겠지만……."

그걸 증거로 제출하는 것은 불가능하다.

결국 노형진조차 방법이 없다고 생각하는 그때였다.

"노 변호사님, 손님이 오셨는데요?"

"손님?"

찾아올 사람이 없기 때문에 노형진은 손님을 안으로 들어오라고 했다. 그러나 노형진은 그를 보고 고개를 갸웃했다. 아는 사람이 아니었기 때문이다.

'누구지?'

"반갑습니다. 임강협이라고 합니다."

"노형진입니다. 그런데 어쩐 일로? 사건 때문에 오셨다고 들었는데요?"

단순한 의뢰라면 그에게 보내지 않는다. 노형진에게 일을 맡기려는 사람이 너무 많기 때문이다. 결과적으로 그가 담당하고 있는 사건과 관련해서 왔다는 뜻이다.

"사실은 노 변호사님이 서지우 전 교수 사건을 담당하고 있다고 들었습니다."

"그렇기야 하지요. 그런데 어쩐 일로?"

"사실은……."

임강협은 많이 고민했다. 자신의 미래를 막는 짓일지도 모른다. 하지만 자신의 미래는 이미 망가졌다.

'망할 새끼들 같으니라고.'

그는 서지우 전 교수의 죄를 뒤집어쓰라는 부탁을 거절했다. 그런데 그게 제대로 교수들에게 찍혀 버린 것이다.

심지어 얼마 전에 같은 레지던트인 여자 친구로부터 충격적인 소리까지 들었다. 그에게 죄를 뒤집어씌우려고 교수들이 계략을 짜고 있다는 것이다. 게다가 저항하기에는 늦어서 절망에 빠진 상황이었는데 노형진이 위증하는 것을 간파하는 덕분에 죽다가 살았다. 하지만 고난이 끝난 것은 아니었다.

"그래서 더 이상 그 병원에 있을 수가 없다고요?"

"솔직히 말하면 그렇습니다."

대학 병원, 그것도 의사들의 위계질서는 명확하다. 아무리 서지우가 잘못했다 하지만 교수의 말을 거부했다는 것 자체가 그의 미래가 파멸됐다는 것을 뜻하는 것이나 마찬가지.

"그건 안타깝게 생각합니다만 제게도 방법이 없습니다. 그쪽으로는 법으로 어떻게 할 수 있는 게 아니라서요."

법으로 괴롭히는 것은 막을 수 있다. 하지만 법으로 꼬투리를 잡는 것까지 막을 수는 없다.

"압니다. 그래서 고민이 많았습니다. 솔직히 주변에서 압력이 장난 아니었습니다. 여자 친구한테도 미안하고……."

여자 친구가 어떻게든 도와주려고 하고는 있지만 똑같은 레지던트에 그것도 1학년이나 낮은 그녀로서는 방법이 없었다.

"레지던트를 하다가 쫓겨나면 개원도 못 합니다. 어디에 제대로 취업하기도 힘들죠. 최소한 레지던트만이라도 끝내면 개원의라도 할 수 있습니다만."

"음······."

"그러다가 얼마 전에 기억이 나더군요. 대룡에서 종합병원을 가지고 있다는 사실이 말입니다. 물에 빠진 놈을 건져 놨더니 돈 내놓으라는 꼴이 되는 것 같아서 죄송합니다만······."

"음······."

노형진은 입맛을 다셨다. 확실히 종합병원이면 레지던트 하나 정도의 자리를 만드는 건 어려운 일이 아니다. 문제는 그러면 자꾸 유민택에게 빚을 지게 된다는 것이다.

'그건 좀 그런데······.'

노형진이 고민하는 듯하자 임강협은 다급해졌다. 만일 이 대로 쫓겨나면 그는 아무것도 할 수 없는 반쪽짜리 의사가 된다.

"물론 그냥 해 달라는 건 아닙니다. 그가 수술했다는 증거가 있습니다."

노형진은 약간 미안한 표정이 되었다.

"이미 그가 수술했다는 사실은 재판에서 확인되었습니다."

"아······."

임강협의 얼굴이 어두워졌다. 더 이상 협상할 수 있는 카드가 없었던 것이다.

'망할······.'

결국 그가 어떤 선택을 하든 그의 인생을 시궁창에 처박힐 수밖에 없었다. 그 생각을 한 그는 무척이나 침울해졌다.

노형진은 그런 그에게 미안해서 일단은 말을 꺼냈다.

"하지만 증거란 많으면 많을수록 좋지요. 한번 볼 수 있을까요?"

"네? 아, 네."

그는 가지고 온 USB를 컴퓨터에 꽂아서 재생했다. 그러자 그걸 보던 노형진의 얼굴에서 점차 미소가 떠올랐다.

"역시…… 이것만으로는 안 될까요?"

"아니요, 충분합니다."

그게 끝날 때쯤 노형진은 승리의 미소를 떠올리고 있었다.

"당신 자리는 제가 제 이름을 걸고 확실하게 알아봐 드리지요. 하하하."

노형진은 마지막 카드를 손에 넣은 사람처럼 환하게 웃었다.

⚖️

"친애하는 재판장님."

마지막 판결 날짜가 되자 모여드는 사람들.

노형진은 완전히 고주망태가 되어 버린 서지우를 보면서 혀를 끌끌 찼다.

'역시 알코올중독이로군.'

상식적으로 술 때문에 이런 고초를 겪으면 당연히 술을 쳐다보기도 싫어지게 마련이다. 그런데 이런 고초를 겪는다는 것을 잊는다는 목적으로 완전히 술에 취해서 휘청거리는 그를 보면서 노형진은 이번 사건이 이번이 아니더라도 언젠가는 터질 거라는 사실을 알 수 있었다.

"저 녀석, 완전히 취했는데요?"

민시아 변호사조차 완전히 취해서 정신을 못 차리는 그를 보고 이해를 못 하겠다는 듯 혀를 끌끌 찰 정도였다.

"아마 실패라는 것을 몰랐을 테니까요."

지금까지 성공만을 해 왔던 삶을 살았던 사람은 한번 실패하게 되면 쉽게 절망한다. 더군다나 이번에는 그냥 단순한 실수 정도가 아니라 거의 인생이 끝나는 것이나 마찬가지인 상황.

"그래도 그렇지, 어떻게 재판을 하러 오면서……."

"우리야 좋지요."

흐트러진 양복. 불쾌하게 변해 버린 얼굴. 그리고 여기까지 풍기는 알코올의 알싸한 향기.

노형진은 모르지만 그는 끊임없이 분노를 토하면서 그동안 집에 있는 술을 계속 마셨던 것이다.

"친애하는 재판장님, 전 이번 사건에서 피고가 미필적고의로 수술을 했다고 생각합니다."

"미필적고의?"

"말도 안 됩니다. 아무리 술에 취해서 수술했다곤 하나 그게 미필적고의라니요!"

전자는 과실치사지만 후자는 살인이다. 당연히 피고 측 변호인은 말도 안 된다고 생각했다. 하지만 노형진은 단호하게 말했다.

'사실 증거가 확실하면 말장난을 할 필요도 없지.'

결국 말이 많아지는 경우는 둘 중 하나다. 증거에 임팩트를 줄 때나 증거가 부족할 때.

하지만 이번 증거는 그럴 필요가 없다. 그 하나만으로도 모든 게 확실해지는 증거니까.

"미필적고의라는 것은 결국 피고가 죽어도 그만이라는 생각에 수술했다는 것인데 그건 말도 안 된다고 생각합니다, 재판장님."

끝까지 서지우를 변호하는 변호사. 물론 그게 그의 임무이니 당연한 일이었다.

"그럴까요? 세상에는 자신의 임무를 버리는 사람들이 많습니다. 그리고 피고 역시 그런 사람 중 한 명이고요."

"증거 있습니까? 물론 술을 마시고 수술실에 들어간 것은 확실합니다만 그게 누구 하나 죽어도 된다는 뜻은 아닙니다!"

"증거가 있습니다, 재판장님. 증거로 갑제 19호증 수술실 촬영 영상을 제출하는 바입니다."

"수술실 촬영 영상?"

"그게 무슨 말입니까?"

"말 그대로 수술실 촬영 영상입니다."

노형진이 보트북을 켜고 파일을 더블 클릭하자 재생되는 영상. 그건 수술실의 모습을 전체적으로 담고 있었는데, 침대에 누워 있는 사람은 얼마 전 사고로 죽은 그 사람이 분명했다.

"어…… 어떻게 이런 일이?"

"말도 안 돼! 누가 녹화를 했다는 겁니까!"

"이 수술실은 녹화 기능이 있는 참관용 수술실입니다."

"참관용 수술실?"

"그렇습니다."

중요한 수술을 하거나 학생들이 수술할 때 그 상황을 볼 수 있도록 위쪽에 참관실이 설치된 수술실이 있다. 그리고 이곳이 바로 그런 곳이었다.

'결국 자기 행동이 끝까지 돌아오는구만.'

서지우는 술 마시고 사람을 패는 것이 일상인 사람이었다. 그걸 알기 때문에 임강협은 자신을 지킬 수 있는 방법을 찾으려고 했다. 그가 자신을 버리려고 할 때 여차하면 무기로 쓸 수 있는 것을 말이다. 그래서 그는 그가 술을 마시고 수술하러 올 때마다 몰래 이곳 촬영 장비를 작동시켰던 것이다.

"그날 촬영된 영상분입니다. 잘 보시기 바랍니다."

영상을 틀자 술에 취해서 휘청거리는 서지우와 그걸 막는 다른 사람들의 모습이 나타났다.

-교수님, 이 상태로는 집도가 불가능합니다.

-닥쳐, 이 새끼야! 어디 대가리에 피도 안 마른 새끼가 어디서 어

른을 가르치려고 들어!

임강협이 어떻게든 그를 말리려고 했지만 그는 단호했다.

-이 수술은 내가 한다. 실력도 좆도 없는 새끼들이 말이야, 뭐지
려고! 내 자리를 넘봐?
-하지만 교수님께서 위험합니다.

임강협도 그의 성격을 모르지 않았지만 딱 봐도 서지우의
지금의 상태는 정상이 아니었다. 당장 술에 취해서 손이 바
들바들 떨리고 있었던 것이다.

-지금 메스를 든 손이 떨리는…… 크헉!

말리던 임강협은 발길질에 배를 맞고 바닥을 나뒹굴었다.

-이 새끼야, 나는 네가 기저귀에 똥칠할 때도 메스를 잡았던 사람
이야! 그런데 뭐? 지금 내가 메스질도 못한다고 무시하는 거냐?
-그런 게 아닙니다. 수술은 제가 할 테니 쉬시라고…….
-좆 까라고!

술에 취한 그가 사정없이 두들겨 패자 임강협은 말리는 걸

포기할 수밖에 없었다.

-고작 이딴 수술에 겁먹고는! 이런 건 더 마시고 해도 되는 거야!

-하지만 교수님, 그래도 수술입니다! 위험합니다! 최소한 정밀한
부분은 저한테 맡기시는 것이…….

-닥치라고! 내가 한두 번 해 보는 줄 아나? 너 같은 좆도, 아무것
도 아닌 레지던트에게 맡기느니 내가 수술하다가 죽는 게 나아!

-교수님!

-얌마! 수술하다 보면 사람이 죽을 수도 있는 거지! 그걸 일일이
신경 쓰면 어떻게 수술을 하냐? 그냥 닥치고 있어!

-위험합니다!

-닥치라고! 죽으면 팔자가 거기까지인 거야! 야! 메스 안 내놔?

주변에서 말리든 남들이 뭐라고 하든 그는 결국 수술을 시
작했다.

노형진은 거기에서 영상을 정지했다.

"죽을 수도 있다고요? 일일이 어떻게 신경을 쓰냐고요?
그러고도 당신이 의사입니까?"

노형진은 진심으로 서지우가 미친놈 같았다. 사람의 목숨
을 그렇게 쉽게 보는 녀석이 어떻게 의사가 된 건지 알 수가
없었다.

"으으으……."

그는 흥분한 듯 부들부들 떨었다. 그러더니 갑자기 벌떡 일어났다.

'응?'

노형진은 그를 보고 고개를 갸웃했다. 앉아 있을 때는 몰랐는데 양복 안쪽이 불룩했던 것이다.

'뭐지, 저건?'

금속은 아니다. 재판정에 입장하기 전에 금속 탐지기로 금속 소지 여부를 확인하기 때문이다. 그럼 금속은 아니라는 것인데.

"이 개새끼! 네놈이 뭔데! 네놈이 뭔데 내 인생을 박살 내! 뒈져, 이 씹 째끼야!"

뭔가를 꺼내서 집어 던지려고 하는 서지우.

노형진은 그걸 보고 본능적으로 뒤로 물러나면서 양복을 벗어 휘둘렀다. 뭔지 모를 불안감이 맞으면 안 된다는 것을 알려 주었다.

탁!

날아오던 물체는 노형진의 양복에 맞아 도리어 그걸 집어 던진 서지우의 얼굴로 날아가 그대로 부딪치고 말았다. 그러자 서지우는 처절한 비명을 지르면서 그대로 무너졌다.

"끄아아악!"

그게 뭔지 알아챈 노형진은 기가 막혔다.

"이런 미친 새끼!"

하지만 아무리 미친 새끼라고 해도 그냥 둘 수 없었던 노형진은 급하게 의사를 불렀다.

"의사! 의사!"

⚖

"완전 미친놈이었습니다."

노형진은 그의 마지막 순간을 기억하면서 부르르 떨었다. 그럴 수밖에 없었던 것이 그가 준비해 온 것은 다름 아닌 황산이었던 것이다. 그것도 여러 병.

"일하던 병원에서 빼돌린 모양이더군요."

"도대체 왜요?"

"복수하고 싶어서겠지요."

"끄응……."

미래에는 이런 사건이 많아서 법원에 액체류의 반입이 금지된다. 하지만 지금은 이런 일이 처음이었기 때문에 법원이 발칵 뒤집힌 상태였다.

"어떻게 될까요?"

"재생은 불가능할 겁니다."

황산은 단순히 상처를 입히는 정도가 아니라 피부를 녹아내리게 만든다. 그리고 그걸 그대로 뒤집어써 버렸으니 그 꼴이 어떨지 예상하는 건 어렵지 않았다.

"불쌍하기는 하지만 끝까지 자초하는군요."

최소한 황산만 안 뿌렸다면 육신은 멀쩡했을 것이다. 하지만 술에 취해서 황산을 뿌린 게 설마 자신에게 돌아올 거라고 누가 알았겠는가?

"고맙습니다, 노 변호사님."

한광태는 노형진의 두 손을 꼭 잡으면서 감사의 인사를 건넸다. 노형진은 그런 그에게 미소로 답했다. 하지만 그다음에 들린 임진기의 말에 차마 계속 미소를 지을 수가 없었다.

"나날이 생명의 무게가 가벼워지는 것 같군요."

인생이 왜 이렇게 고달프냐

"망할 놈."

노형진의 사무실.

노형진은 자신을 찾아온 손님을 보면서 애써 미소를 보이고 있었지만 웃을 수 있는 상황이 아니었다.

"하하하."

"이 망할 놈."

"하하하하."

"너 알고 있었지?"

"하하하하."

"썩을 놈의 새끼 같으니라구."

"하하하."

노형진은 자신도 모르게 조말숙의 시선을 피했다. 나이에
비해 아직도 살아 있는 그녀의 눈빛이 괜히 부담스러웠던 것
이다.

"이 망할 놈 같으니라고."

"하하하."

"알면서 말을 안 해 줘?"

"어차피 말해도 직접 가서 보셨을 거잖습니까?"

"그래도 그렇지."

조말숙은 노형진이 준 주소로 그를 찾으러 갔다. 은인의
꿈을 이루어 주기 위해서였다.

그러나 현실은 그렇지 못했다. 물론 본인이 맞다는 걸 확
인하는 건 어렵지 않았다. 당장 얼굴만 봐도 은인의 얼굴이
그대로 드러났으니까.

하지만 문제는 다른 데에 있었다.

"결국 안 받으신다고 하죠?"

"그래, 이 썩을 놈아."

"하하하."

문제는 그의 신분이었다. 경찰 같은 거냐고? 아니다. 못해
도 수천억의 재산이다. 그걸 거절할 사람이 어디 있겠는가?
그럼에도 불구하고 그는 거절했다. 아니, 거절할 수밖에 없
었다.

"신부라고 말해 줬어야 할 거 아냐."

"일단 눈으로 확인해야 받으셨을 테니까요."

신부. 카톨릭의 종교인.

그들은 개인 재산을 가지지도, 소유하지도 않는다.

신을 위해서 인생을 헌신한 사람들.

그런 직업을 가진 사람이 과연 다른 것도 아닌 술집을, 그것도 여자가 있는 술집을 넘겨받겠는가?

"그래서 못 드리겠어요?"

"그래, 못 주겠다. 은인의 자식이기도 하지만 이 술집에 달린 입이 몇 개라고 생각하냐?"

개인이라면 받아서 팔라고 할 수도 있을 것이다. 하지만 다른 곳도 아닌 카톨릭 계열의 종교 단체다. 그들에게 이런 곳이 생기면 과연 그걸 유지시킬까? 아마도 그걸 없애 버리고 다른 용도로 쓰려고 할 가능성이 높다. 아니, 분명 그럴 것이다.

"이 망할 놈의 자식 같으니라고."

"하하하."

"그래서 어쩔 거냐?"

"네? 어쩔 거냐고."

"제가 뭘요?"

"네놈만 이득을 챙겼잖느냐? 그걸 토해 내야지."

"아니, 사람만 찾아 드린 건데…… 제가 뭘 어쨌다고……."

노형진은 말하다가 결국 입을 다물었다. 딱 봐도 조말숙이 물러날 표정이 아니었기 때문이다.

'어휴, 이 똥고집.'

나이가 들어서인지, 아니면 삶 때문인지 모르겠지만 그녀의 똥고집은 알아줘야 했다. 그리고 지난번 삶에서 겪어 본 그녀의 성격을 생각하면 자신이 물러날 때까지 매일같이 찾아올 게 뻔했다. 물론 일은 못 하는 거고.

'그리고 이런 사람을 적으로 만들어 봐야 좋을 게 하나도 없지.'

뒤 세계의 큰손이다. 그런 사람과 척을 지면 좋을 게 하나도 없다.

"알았습니다. 알았어요. 사건 하나 공짜로 해 드릴게요. 됐습니까?"

"그래야지. 끌끌끌."

그러면서 흡족한 얼굴로 작은 파이프를 꺼내서 입에 무는 조말숙.

"여기 금연…… 네…… 피우세요."

조말숙이 흘겨보자 결국 꼬리를 마는 노형진이었다.

조말숙은 파이프에 담배를 채워서 불을 붙이고 쭉 들이키더니 얼굴을 찡그렸다.

"역시 곰방대가 좋아. 파이프는 영 빠는 맛이 안 난다니까."

"그럼 아예 끊으심이…… 아닙니다. 그냥 피우세요."

하긴 외부에 들고 다니기에 곰방대는 좀 긴 편이기는 하다. 그렇게 한참 담배를 빨던 조말숙은 천천히 입을 열었다.

"적당한 사건이 있는데."

노형진은 갑자기 한숨이 나왔다.

'이럴 줄 알았어. 도대체 그 많은 돈을 바리바리 싸 들고 어디로 가려고 하시는 건지.'

딱 봐도 사건은 있는데 돈이 아까운 모양이었다. 그래서 이런 말도 안 되는 트집을 잡은 거고 말이다.

'안 들어줄 수도 없고.'

"뭐야? 표정이 왜 그래? 하기 싫어?"

"아닙니다. 그럴 리가 있겠습니까요."

"썩을 놈."

조말숙은 다시 담배를 쭉 들이키더니 천천히 입을 열었다.

"우리 쪽에 있었던 애가 있는데."

"네."

"그 애가 협박당하고 있는 처지거든."

"그래요?"

"근데 아무래도 손쓰기가 영 찝찝하단 말이지."

"흠……."

그렇다는 것은 협박하는 당사자가 상당한 힘을 가진 자리에 있다는 뜻이다.

"그래서 누군데요?"

"최득배."

"최득배?"

"그래, 성화의 사장단 중 한 명이지."

노형진은 그를 멍하니 바라보았다.

"저기요…… 안당 마님."

"누님이라고 불러라."

"나이 차이가 얼만데."

"쓰읍…….."

"하여간에 말입니다, 왜 성화의 사장이 술집 아가씨를 협박해요?"

"술집 애가 아냐."

"네?"

고개를 갸웃하는 노형진이었다. 술집 애가 아니라니? 하지만 그 의문점은 금방 풀렸다.

"잠깐 있었지. 그런데 그만두고 나서 성공했거든."

"도대체 얼마나 성공했기에……."

"너도 알걸? 제린이라고."

"걔가 누군데요?"

그러자 조말숙은 이 인간은 도대체 누구인가 하는 듯한 얼굴이 되었다. 어떻게 그 사람을 모를 수 있느냐는 표정이었다. 물론 노형진의 입장에서는 모를 수도 있다고 생각하지만 말이다.

"제린 몰라? 제린?"

"모르죠. 제가 초능력자도 아니고 외국인을 다 알 수는 없지 않습니까? 아니, 애초에 그리고 외국인이 왜 요정에서 일해요?"

"끄응…… 바보인 거냐? 바보인 척하는 거냐?"

고개를 갸웃한 노형진은 바로 인터넷에서 제린이라는 이름을 검색했다. 그러자 금세 누구인지 알 수 있었다.

"가수였어요?"

"그래, 너희 협동조합 가수. 넌 너희 소속 가수도 모르냐?"

"에…… 일단 제가 지분을 가지고 있지만……."

제린. 노형진이 대룡과 중소 연예 기획사들이 만든 엔터테인먼트 협동조합에 소속된 가수다. 떠오르는 신예이며 흔하지 않게 솔로로 주목받고 있는 가수.

"근데 왜요?"

"우리 가게에서 일했거든."

"네에?"

그건 심각한 문제다. 잘나가는 연예인이 요정에서 일했다는 것은 말이다.

"아…… 설마…….."

"맞아. 그때의 손님 새끼야."

"아니, 미친 거 아니에요? 성화 사장쯤 되는 새끼가 돈이 없다고 신인 가수를 협박합니까?"

그러자 씁쓸한 미소를 짓는 조말숙이었다.

"돈이면 내가 너한테 부탁하지 않지."

"네?"

"까짓 푼돈, 던져 주면 그만이야."

하긴 성화의 사장쯤 되면 연봉이 한 3억쯤 될 것이다. 그리고 그 정도는 던져 줄 만큼 돈이 있는 게 조말숙이었다.

"그럼?"

"그 애는 처녀야."

순간 노형진은 그 말을 듣다가 고개를 갸웃했다. 처녀라는 말이 이해가 가지 않았기 때문이다.

"저기, 제가 잘못 들은 것 같은데요."

"잘못 들은 거 아냐. 그 애의 처녀를 노린다고."

"그러니까 결혼해 달라, 뭐 그런 겁니까?"

"반은 맞지. 그 애의 처녀를 노린다니까."

노형진은 그제야 대화의 논점이 어디서 어긋났는지 알 수 있었다.

"그러니까 이 제린이라는 애가 아직 처녀라고요? 결혼하지 않았다는 그 개념이 아니라 에…… 그러니까 영어로…… 버진?"

"뭘 그렇게 부끄러워해? 그게 죄냐? 맞아. 남자 손을 탄 적 없는 애야."

"아니, 거기서 일했다면서요?"

분명 술집이다. 그것도 여자를 끼고 노는 술집.

"쯧쯧, 그러니까 네가 이 꼴인 거다."

노형진은 왠지 억울해졌다.

'내가 뭘 어때서요?'

하지만 말할 수는 없는 노릇.

"우리 가게는 2차 강제 아니다."

"그래요?"

"그래. 단, 모든 책임은 자기가 지는 거지."

"그래, 우리 애들 뽑을 때 토익이랑 시사 시험 본다."

"아……."

하긴 보통 요정에 오는 사람들은 대화할 공간과 비밀 유지 그리고 품격을 찾아서 온다. 그래서 요정에서 2차를 나가는 빈도는 많지 않다. 특히나 남자가 원한다고 해도 아가씨가 거부한다면 절대 안 보내는 것이 제대로 된 요정의 규칙.

"너도 알 거 아니냐?"

"그건 그렇지요."

요정에 오는 손님들은 대화를 요구한다. 그래서 거기서 일하는 아가씨들의 학식은 어지간한 남자들 이상이다. 뽑을 때 토익과 시사 상식 시험을 본다는 게 농담이 아닌 것이다.

"더군다나 일했던 기간도 짧았어."

"그래요?"

"한 2개월?"

일하다가 그만두고 연예인으로서 성공하면서 아예 다른

세계 사람이 되었다는 것.

"알겠네요…… 뭔 소리인지."

노형진은 씁쓸한 얼굴이 되었다.

그녀가 그냥 2차를 나가는 술집 여자였다면 문제가 되지 않았을 것이다. 하지만 그녀는 2차를 나가지 않는 사람이었고 그 성화의 사장이라는 녀석은 그걸 알고는 애간장이 탔을 것이다. 그런데 그 와중에 그만두고 갑자기 연예인이 되어서 나타났으니 더욱 애간장이 탈 수밖에.

'타이틀이라 이건가?'

물론 눈 딱 감고 한번 할 수도 있다. 하지만 그렇게 되면 문제가 생긴다. 그 사장이 자신이 그런 타이틀을 따냈다고 동네방네 소문을 낼 타입이기 때문이다. 그렇지 않다면 협박까지 하면서 어떻게 해서든 침대로 끌어들일 생각을 하지는 않았을 것이다.

"그래서 애가 곤란해졌어."

아무리 조말숙이 뒤 세계의 큰손이라 해도 성화의 사장을 찍어 낼 정도는 아니다. 물론 시도는 해 볼 수 있지만 그 반작용이 적지 않을 것이다. 고작 두 달 일했던 여자애 하나 때문에 감당할 정도는 아니니까.

"그러니까 네놈이 해결해 봐."

"어…… 이건 아무리 봐도 법적인 대책이 없는데요?"

협박으로 고소하는 순간 과거가 드러난다. 그러면 그녀의 인생은 끝이다. 그렇다고 말로 해서 될 놈이면 이렇게 고민하지 않아도 되는 일이었다.

"누가 법적으로 하래?"

"네?"

"네놈이 재주껏 하라고."

그 말에 노형진은 울고 싶어졌다.

'아, 똥 밟았다.'

제린은 자신을 노형진이 부른다는 말에 잔뜩 긴장했다.

'노형진이라고?'

전설이라 불리는 사나이. 미다스의 손.

그게 연예계에서 통하는 그의 별명이었다.

그가 손댄 작품은 언제나 성공했고 그가 후원한 사람은 언제나 스타가 되었다. 변호사로서 대부분의 사건에서 승소했고 사회적인 문제도 많이 해결했다.

'드디어 기회인가?'

그녀는 자신에게도 드디어 기회가 왔다고 생각했다. 제린이라는 이름으로 데뷔해서 반응이 좋다고 생각했다. 문제가 없는 건 아니지만 그래도 성공만 한다면 어떻게든 그가 조용히 있을 거라 기대했다.

"실례합니다."

빼꼼 사무실 문을 열고 들어가는 제린. 노형진의 사무실은 따로 없지만 대화를 위한 조용한 회의실은 많으니까 이야기하는 데 문제는 없었다.

"제린 씨?"

"네."

"들어오시죠."

노형진은 제린을 안으로 들이고는 직접 차를 따라 가져왔다.

"요즘 바쁘다면서요?"

"네."

노형진은 제린을 바라보았다. 단아한 얼굴과 다르게 잘 발달된 근육.

'건강 미인 타입인 건가?'

다른 연예인들과 다르게 깡마른 타입은 아닌 듯했다. 하긴 깡마른 타입은 흔하니 그녀가 인기 있는 걸지도 모른다.

"저기, 그런데 어쩐 일로?"

제린은 뭔가를 기대하면서 물어봤다. 노형진은 그녀의 얼굴에서 기대를 읽었지만 미안하게도 그 기대에 부응할 수가 없었다.

"개인적으로 제린 씨를 좀 만나 달라고 부탁받았습니다."

"저를요?"

"네."

제린은 고개를 갸웃했다. 그럴 만한 사람이 없었기 때문이다.

"누가 그런 부탁을 하는지 모르겠네요?"

"안당 마님이라고 하면 아시려나요?"

제린은 얼굴이 급격하게 창백해지더니 온몸을 부들부들 떨기 시작했다.

노형진은 혹시나 그녀가 충격을 받을까 봐 따뜻한 차를 그녀의 손에 손수 쥐여 주면서 다독거렸다.

"그때 일 때문에 뭐라고 하려고 부른 건 아닙니다. 사정은 다 들었습니다. 부모님 수술비 때문에 잠깐 일했다고요?"

"네……."

연예 기획사에 있으면서 그런 곳에 있으면 문제가 커진다. 그렇지만 당장 수술비가 급한 부모님을 버릴 수가 없었다. 그래서 잠깐, 아주 잠깐 일했다. 딱 두 달. 그런데 그 두 달이 제린의 인생을 나락을 끌어당기고 있었다.

"아, 걱정하지 마세요. 이상한 생각을 하거나 요구하려는 게 아닙니다. 어떻게 생각할지 모르지만 안당 마님은 사람을 팔아먹는 사람이 아닙니다."

"……."

"그…… 그런가요?"

"네."

"그런데 다 들었다는 게……."

"요즘 스토커가 달라붙었다면서요?"

"……."

제린은 아무런 말도 못 했다. 전부 사실이니까.

집요하게 무리한 요구를 하고 있는 남자. 그는 자신과 하룻밤만 자면 얼마든지 돈을 준다고 하고 있었다. 하지만 제린은 말을 못 하고 눈치를 보는 상황.

"안당 마님이 다 이야기해 줬다니까요. 그렇게 걱정하지 않으셔도 됩니다."

"그런가요?"

"네, 의외로 안당 마님은 착하신 분입니다."

조말숙은 돈이 없어서 몸을 팔아야 했던 수많은 여자들을 봐 왔고 그녀 자신 역시 그런 여자들 중 한 명이었기에 다른 건 몰라도 그런 여자들을 위해서 많이 힘써 왔다. 대모라 불리는 것에는 다 이유가 있는 것이다.

제린이야 짧게 일한 데다가 그쪽 세계 사람이 아니니 잘 모를 테지만 말이다.

'뭐, 짧게 일했으니 모르겠지만.'

그런데 그녀는 그렇게 짧게 일한 제린조차 도와주기 위해 노형진에게 의뢰한 것이다.

'물론 공짜로 말이지.'

왠지 속이 쓰려지는 노형진이었다.

"무슨 생각을 그렇게 하세요?"

"아…… 아닙니다. 그냥 뭐 좀 정리하느라고요."

"아⋯⋯."

"그런데 그 인간이 뭐라고 합니까?"

"그러니까⋯⋯."

한 번만 자신과 자 주면 다시는 귀찮게 하지 않겠다는 것이다. 아주 깔끔한 요구이기는 하다. 하지만 노형진의 경험상 절대로 그게 그렇게 끝나지 않을 거라는 것도 알고 있었다.

"그거 들어주면 안 되는 거 아시죠?"

"네, 선배 언니들에게 들어서 알고 있어요."

술집에서 천년만년 일할 수 있는 게 아니니 나이가 되면 나가야 한다. 문제는 그 와중에 어떻게 질 좋지 못한 녀석이 그 사실을 알거나 손님 중 질 좋지 못한 녀석을 만나게 될 경우 그걸 미끼로 끊임없이 협박당한다는 것.

"지금은 하룻밤이지만 그다음에는 수시로 불러낼 테고 그후에는 돈을 뜯어낼 겁니다."

"⋯⋯."

더군다나 조말숙의 말에 따르면 그녀는 아직 남자 경험이 없다. 그리고 그런 인간의 특성상 그런 걸 자랑삼아서 사방에 퍼트리고 다닐 가능성이 높다. 그런 녀석에게 여자란 전리품일 뿐이니까.

"하지만⋯⋯ 고소할 수도 없잖아요."

고소하면 과거가 모두 드러난다. 그러니 할 수가 없는 것이다.

“그 부분이 문제군요.”

노형진은 턱을 쓰다듬으면서 고민에 빠졌다.

“법적으로 하고 싶지만 사실 법적으로 할 수 있는 일이 아닙니다.”

이건 법적으로 해 봐야 이쪽에 피해가 더 큰 일이다. 저쪽이야 명예훼손으로 벌금이나 조금 내겠지만 이쪽은 연예인으로서의 미래가 박살 나기 때문이다.

‘더군다나 새론 쪽에는 도움을 요청할 수도 없고 말이지.’

거기에다 상대방은 성화. 그렇다면 도움을 요청할 곳은 딱 한 곳뿐이었다.

⚖️

“요즘 노 변호사한테 무슨 일 있어? 우리한테 도움을 청하고 말이야?”

유민택의 말에 노형진은 할 말이 없었다. 소소한 부탁이지만 이런 게 공짜가 아니라는 것을 누구보다 잘 알고 있기 때문이다.

“그래서 이번에는 어쩐 일인가?”

“성화한테 한 방 먹여야 할 일이 생겨서 말입니다. 그러니까 이번 일은 부탁이라기보다는 공동작전이라고 봐야겠지요.”

그러자 웃고 있던 유민택의 얼굴은 여느 때보다 진지해졌다. 성화. 같은 하늘 아래에서 살 수 없는 그들의 존재.

"그렇다면 내 언제든지 환영하네. 그래, 무슨 일인가?"

"성화의 사장단 중 한 명이 제 의뢰인을 협박하고 있습니다. 사정상 법적으로 고발할 수 없는 상황이지요."

"법적으로 할 수 있는 게 아닌데 변호사를 고용한 건가?"

"변호사란 법적으로 이기려고 쓸 때도 있는 거지만 사적인 승리를 위해 쓸 때도 있는 겁니다. 변호사란 도구니까요."

유민택은 고개를 끄덕거렸다. 변호사는 도구다. 그래서 승리를 위해 사용된다. 그런 마인드가 유민택은 너무나 마음에 들었다.

"그럼 그 불운한 사장이 누군지 들어 볼까?"

"성화에너지개발이라고 하던데 들어 보셨습니까?"

성화는 기름을 수입하지 않는다. 그래서 에너지개발이라는 곳이 있다는 것을 노형진은 처음 알았다. 하지만 역시나 유민택은 그곳을 알고 있었다.

"알고 있네. 그다지 싸움의 대상으로 삼을 필요도 없는 작은 곳이지."

"생산품이 없나 보죠?"

"생산이 아닌 연구가 목적인 집단이니까."

성화에너지개발. 차세대 에너지 개발을 목적으로 만들어진 기업이다. 공식적으로는 태양열발전을 판매하는 것으로 되어 있지만 그다지 적극적으로 파는 것도 아니었고, 또 그쪽은 중소기업 쪽이 제법 많아서 그다지 수익이 나는 것도 아니었다.

"의외군요, 성화가 그런 곳에 투자하다니."

"성화를 만만하게 보지 말게. 자네에게 진 몇몇 곳은 근시안적인 방식 때문에 그렇게 망했지만 말이야. 성화그룹 자체는 그렇게 만만한 곳이 아니야."

"알고 있습니다."

사실 그렇게 근시안적이고 계획성이 없는 곳이라면 대기업으로 성장하는 것은 거의 불가능하다. 당장 대룡의 사태만 해도 그렇다. 그렇게 오랜 시간을 준비해서 대룡을 집어삼키려고 하지 않았던가?

"그렇다면 둘 중 하나군요."

이런 거대 기업에서 돈이 안 되는데도 불구하고 그 기업을 유지시키면서 버티는 것에는 두 가지 의미가 있다.

첫째, 일종의 사형선고에 쓰이는 곳이라는 뜻이다. 쉽게 말해서 퇴직시키고자 하는 임원이나 직원의 유배 장소라고 할 수 있다.

둘째, 지금의 손실이 아니라 미래를 준비하는 곳이라는 뜻이다. 이는 즉, 그곳에서 일하는 녀석들이 총망받는 인재임을 의미한다.

"그곳은 어떤 곳입니까?"

"후자라고 할 수 있겠지."

노형진은 얼굴을 찌푸렸다. 후자. 그건 지금까지 상대해 온 녀석들과 다르게 제법 실력이 있을 가능성이 높다는 뜻이다.

"차세대 에너지를 준비하는 곳이야. 기술이 새어 나가면 문제가 많이 생기지. 당연히 가장 믿을 만한 사람을 보내겠지."

"하는 짓거리를 봐서는 믿음직스럽지 못한데요?"

"문제가 안 될 걸 아니까 손댔을 걸세."

"하긴 그렇겠군요."

멍청한 녀석이라면 다짜고짜 돈으로 사려고 했을 것이다. 하지만 이 녀석은 그게 아니다. 차근차근 숨통을 조이는 스타일이다. 즉, 이쪽에서 저항하지 못한다는 걸 안다는 뜻.

'골치 아픈 문제군.'

그걸 안 건지 유민택도 심각한 얼굴로 노형진을 바라보았다.

"아무래도 이번 녀석은 싸워서 꺾기에는 문제가 좀 있군."

"대룡에서는 그쪽으로 갈 생각이 없나요?"

"없다고 봐야지. 아무리 대룡이 성화와 싸움을 한다고 해도 당장 돈이 안 되는 곳에 투자할 여건은 안 되네."

더군다나 성화조차 몇 년을 투자했음에도 불구하고 차세대 에너지를 개발하지 못하고 있다.

'그러고 보니 이건 몇 년 후까지도 그렇군.'

차세대 에너지를 개발하는 것은 쉬운 일이 아니다. 그게 그렇게 쉽다면 세상은 벌써 몇 번이나 에너지 혁명이 일어났어야 정상일 것이다.

"왜 자네가 에너지산업이라도 해 볼 생각인가?"

"그럴 리가요."

아무리 노형진이 좋은 머리와 미래의 지식을 가지고 있다고 해도 차세대 에너지에 대해서는 전혀 아는 바가 없다.

"이번에는 기업 대 기업으로 싸워서 꺾는 건 불가능할 걸세. 미안하네."

"아닙니다."

노형진은 그 기업이 미래에 큰 실적이 없어서 그나마 다행이라고 생각했다. 만일 큰 실적이 있다면 알고 있어야 하니까.

'그렇다는 건 당분간 성화 내부에서 큰 파워를 자랑하는 곳은 아니라는 뜻이지.'

미래를 위한 인재를 보내는 곳.

그건 좋게 말하면 미래에 대한 준비지만 나쁘게 말하면 아직 성장하는 중인 사람을 부려 먹기에 좋은 곳이라는 뜻이기도 했다.

"그럼 다른 방식으로 싸워야 한다는 거군요."

"그래, 이번에는 싸워서 쓰러트리는 것은 의미가 없을 거야."

"그 정도입니까?"

"공식적으로는 태양열 패널 판매가 목적이네. 그런데 그 대리점이 하나도 없어. 그게 무슨 뜻인지 알겠나?"

"허."

즉, 애초에 판매에는 전혀 관심이 없다는 거니 업자들끼리만 거래되어 언론 플레이로 쉽게 압박할 수도 없다는 뜻이 된다. 기업끼리의 거래는 여론의 영향을 거의 받지 않기 때문이다.

"물론 우리가 진출해서 업자들과 싸워서 시장을 빼앗을 수도 있지만 그러기에는 태양열 시장이 너무 작네."

물론 그곳에 대룡이 들어가서 싸울 수도 있다. 하지만 그러기에는 들어가는 비용에 비해서 수익성이 너무 낮다. 결과적으로 들어가 봐야 적에게 큰 타격을 주기는커녕 이쪽만 큰 타격을 입는 꼴이 된다는 뜻이 된다.

"어쩐다……."

노형진은 머릿속을 다듬으면서 방법을 모색하기 시작했다.

노이즈 마케팅

"노이즈 마케팅요?"

"그렇습니다."

제린은 노형진이 지분을 가지고 있는 기업에 속해 있는 연예인이다. 당연히 제린을 데리고 있는 소속사의 도움을 얻어야 했다.

'이번에는 좀 위험하기는 한데.'

문제는 이번에는 대룡도, 새론도 도와주지 못한다는 것.

결국 노형진은 작전을 짜다 못해 몇 년 후에 벌어질 사태를 착안해서 새로운 방식으로 사건을 해결하기로 했다. 그러나 그걸 들은 제린의 소속사 사장인 도승진은 약간 당황한 얼굴이 되었다.

"그럴 필요가 있나요?"

"그러면 이대로 둘 겁니까? 어차피 마케팅은 필요한 일입니다. 그리고 노이즈 마케팅은 흔한 전략 중 하나이고 말입니다."

"그거야 그렇지만……."

도승진은 곤란한 얼굴이 되었다. 기본적으로 속해 있다고 하지만 내부 문제에 터치하지 않는 것이 기존의 규칙이기 때문이다.

물론 노형진도 어지간하면 그 규칙을 지켜 주고 싶었다. 하지만 지금은 그런 규칙에 연연할 상황이 아니었다.

"그럼 이대로 점점 유명해질 겁니까? 만일 그 상황에서 그 녀석이 터트리면요?"

"……."

"누구를 사귄 것도 아니고 접대하는 술집에서 일했다는 게 연예인, 아니 여자 일생에 얼마나 큰 타격이 되는지 생각해 보셨습니까?"

"……."

"그렇게 된다면 간신히 자리를 잡은 소속사에도 그다지 좋은 일이 되지 않을 텐데요?"

"후우."

도승진 역시 한숨을 내쉬었다.

"맞는 말씀이죠……."

연예인들이 뜨는 건 무척이나 힘든 일이다. 더군다나 도승진이 만든 작은 연예 기획사 같은 곳에서 뜨는 것은 불가능에 가까울 정도로 기적 같은 일이었다. 더군다나 제린이 유일한 소속 연예인이기 때문에 만일 그녀가 몰락하면 소속사 역시 몰락할 수밖에 없다.

"이건 비상 상황입니다."

"음……."

"거절하시면 더 이상 강요하지 않겠습니다."

"후우……."

사실 거절할 수가 없다. 도승진은 실질적으로 노형진이 만든 협동조합의 도움을 받아 기업을 운영하고 있기 때문이다. 연습실부터 숙소까지 모조리 말이다. 그런 상황에서 거절하는 건 꿈도 꾸지 못한다.

"물론 거절한다고 해도 제가 여기서 쫓아내지는 않을 겁니다. 그렇지만 두 번째 기회가 올 거라는 장담은 못 드립니다."

사실 여기에 있는 수많은 연습생들 중에 사연이 없는 사람은 드물 것이다. 그럼에도 불구하고 제린이 기회를 얻은 것은 도리어 과거의 일이 전화위복이 되어서 돌아오는 것일 수도 있다. 일단 노이즈 마케팅이라고 해도 결국은 마케팅이고 그걸 노형진이 해 주는 경우는 극히 드무니까.

"어떻게 하시겠습니까?"

결국 도승진은 고개를 숙일 수밖에 없었다.

"잘 부탁드립니다."

⚖️

노이즈 마케팅.

쉽게 말해서 구설수를 만들어서 이름을 알리는 방식이다. 이 방식은 양날의 칼이라 할 수 있다. 좋은 이야기는 널리 퍼지지 않기 때문에 나쁜 이야기를 만들 수밖에 없다. 그러니 이미지 타격을 어느 정도 감안할 수밖에 없는 것이다.

"노이즈 마케팅은 상당한 고수가 아닌 이상 힘들 텐데요."

도승진은 걱정스럽게 말했다. 사실 노이즈 마케팅이라는 방식을 모르는 것은 아니다. 문제는 그걸 컨트롤하는 게 거의 불가능에 가깝다는 것이다. 가령 소문을 통제하지 못하게 된다는 것은 사실상 재기가 불가능하게 된다는 것.

"통제하에 두면 됩니다."

"그게 그렇게 쉽다면야……."

"그렇게 만드는 게 우리의 목표입니다."

노형진은 노이즈 마케팅을 준비하면서 여러모로 구성하고 있었다.

"일단은 우리가 노려야 하는 것은 두 가지입니다. 우선 노이즈 마케팅을 통해서 이름을 알리는 거죠. 물론 이건 부차적인 문제입니다. 사실 우리의 가장 확실한 목표는 과거를 묻어 버리는 겁니다."

제린이 요정에서 일했던 과거를 묻어 버려야 더 이상 구설수가 생기지 않는다.

"그러기 위해서는 조금은 자극적인 방식을 써야 할지도 모릅니다."

"그럼 어떤 방식으로요?"

"일단은…… 과거에 대해서 까발리는 거죠."

"과거에 대해서 까발린다?"

"이런 말이 있지요, 진짜 사기꾼은 90%의 진실에 10%의 거짓을 섞는다고."

도승진은 고개를 갸웃할 수밖에 없었다.

⚖

며칠 후 인터넷에서는 이상한 소문이 나기 시작했다. 제린이 술집에서 일하던 여자였다는 소문이었다.

물론 처음에는 말도 안 된다고 생각했다. 하지만 주변에서 자꾸 그런 이야기를 하면 누군가는 미친 짓을 하기 마련이다.

"인간들이란 참……."

얼마 후 누군가가 만든 카페 '제진요'.

'제린에게 진실을 요구합니다'라는 카페가 활동을 시작하자 노형진은 미소를 지었다.

"어떻게 이렇게 철석같이 떡밥을 물어 줄까."

노형진이 특별히 한 건 없다. 그저 술집에 일한다는 소문과 함께 그녀가 야한 옷을 입고 있는 사진을 함께 여기저기에 올린 것뿐이다. 물론 그 정도 사진이야 요즘 같은 시대에 쉽게 찍을 수 있는 수준이다. 게다가 몇 개는 절묘하게 합성했다.

아니나 다를까, 처음에는 그저 흔하게 있는 제린의 안티쯤이라고 생각하던 사람들이 어느 순간 하나씩 뭉쳐 집단적으로 활동하더니 드디어 인터넷 커뮤니티에서 아예 이름까지 걸고 대대적으로 활동하기 시작한 것이다.

"이거 좋지 않은데요."

도승진은 사색이 되었다. 그가 생각한 좋지 않은 상황이란 그저 안 좋은 소문이 나는 정도지, 이렇게 집단적으로 활동하게 되는 수준은 아니었다.

"이건 단순한 노이즈 마케팅의 수준이 아닌 안티 제조 수준입니다. 더군다나 우리가 감추려고 하는 과거를 그대로 까발리고 있지 않습니까?"

"계획한 겁니다."

"계획이라니요? 이건 무계획이나 마찬가지입니다!"

술집에 다닌다는 사실을 알리지 않기 위해 시작한 것이 바로 노이즈 마케팅이다. 그런데 정작 그 노이즈 마케팅을 위해 과거에 술집 여자였다는 사실을 이용하는 경우가 어디 있단 말인가?

"당장 모든 게 끊어졌습니다! 행사도! 방송 출연도!"

도승진의 입장에서는 도무지 이해할 수가 없는 방식이었다. 하지만 노형진은 단호했다.

"어차피 한 번은 겪어야 할 일입니다. 하지만 계획대로 된다면 한 번에 역전하게 될 겁니다."

"계획요? 계획이라는 게 있기는 합니까?"

"있다니까요. 제가 설마 제린 양의 인생을 망치려고 시작했겠습니까?"

"크으……."

"최소한 통제 가능한 것으로 해야 할 거 아닙니까!"

"그렇지요."

"하지만 이건 통제 가능한 수준이 아니잖아요!"

통제 가능한 수준이 아니라는 것. 그것이 이들에게는 당황스러운 일이었다.

'그거야 지금 시장에서는 그렇지.'

하지만 노형진은 미래에 이루어진 수많은 노이즈 마케팅을 봐 왔다. 그리고 그 수많은 사람들에 대해서 그들이 어떻게 반응하는지 그리고 어떤 식으로 사람을 대하는지 누구보다 많이 연구했다. 여론전을 해야 하는 변호사로서는 어느 정도 광고에 대한 감각도 가지고 있어야 하기 때문이다.

"지금 이걸 가지고 쇼를 하는 게 무섭다면 손을 터십시오."

"네?"

"당신 지분을 제가 사죠. 최고가로 말입니다."

"그게 무슨……?"

"전에도 말했지만 내 최종 목표는 의뢰인의 승리입니다.
난 광고하는 사람이 아닌 변호사니까요."

그 말에 멍하니 그를 바라보는 도승진.

"그러니까 필요하면 기업의 손해도 감안하겠다 이겁니까?"

"네."

그가 의뢰받은 건 도승진의 엔터테인먼트를 지켜 달라는
게 아닌 제린의 과거를 지워 달라는 것이었다. 그러니 그걸
하기 위해 도승진의 기업에 어느 정도 피해가 발생하는 것은
어쩔 수 없었다.

"애초에 아무런 피해도 없이 언론 플레이를 할 수 있을 거
라 생각합니까?"

"……."

"이런 말 하기는 미안하지만 작은 회사들의 규모가 그런
건 다 이유가 있는 겁니다."

하이 리스크 하이 리턴. 그것이 이 바닥의 룰이다.

모든 사업이 다 그렇지만 광고에도 그 효과는 적용된다.
더 많이 알려질수록 위험도는 더 커지는 것이다.

"어떻게 하시겠습니까?"

"으으으……."

도승진은 갈피를 못 잡는 얼굴이 되었다. 전 재산을 투자해서 만든 기업이다. 만일 여기서 무너지면 그는 알거지가 된다.

'팔까?'

최고가로 사 준다는 노형진의 말에 귀가 솔깃해진 도승진이었다. 그 정도면 상당한 수익을 남기는 셈이다. 하지만 진짜로 노형진의 작전이 먹힌다면?

'몸값이 이루 말할 수 없이 뛸 텐데…….'

그는 눈을 질끈 감았다. 다니던 회사를 그만두고 연예 기획사를 만들 때의 생각이 난 것이다. 살다 보면 결단을 내려야 하는 시기가 오는 법.

"하이 리스크 하이 리턴을 잊지 마십시오."

도승진은 한참 침묵을 지키다가 결국 고개를 끄덕거렸다.

"죄송합니다. 제가 너무 경솔했습니다."

비록 작은 기업을 운영하고 있긴 하지만 제린을 키울 정도로 능력 있는 사람이 바로 도승진이다. 그 역시 이 바닥의 룰에 대해 잘 알고 있다.

"버티겠습니다, 손실은 좀 입겠지만."

노형진은 미소를 지었다.

"잘 생각하셨습니다. 결국 이렇게 생난리를 치더라도 말입니다. 인간은 상황이 반전되면 두 가지 모습을 가지게 됩니다. 더욱 극단적인 안티가 되든가, 죄책감 때문에 팬이 되든가."

"네?"

"아, 그런 게 있습니다. 애증과 애정은 한 끗 차이라는 거죠."

"네?"

도승진은 더욱 이해하지 못한다는 얼굴이 되었지만 노형진은 더 이상 말해 주지 않았다.

"보시면 압니다. 이제 물고기가 떡밥을 물기만을 기다리면 됩니다. 후후후."

노형진은 실시간으로 올라오는 제린이라는 검색어를 보면서 희미하게 웃었다.

"와, 진짜 더러운 년 아냐?"

"그러게. 진짜 더러운 년이네."

인터넷에 돌기 시작한 소문. 그건 충격적이었다.

갑자기 인터넷에 그녀와 함께 일했다는 사람의 글이 올라온 것이다. 그 글은 좋은 목적으로 쓰인 게 아니었다. 그녀가 일했던 곳이 몸을 파는 곳이라는 식으로 올라왔던 것이다. 순식간에 그녀의 이미지는 나락으로 떨어졌고 사람들은 그녀를 욕하기 시작했다.

"뭐야, 이게?"

성화에너지의 최득배는 그걸 보고 입맛을 다셨다.

"이거 뭐야? 존나 비싼 척하더니 창녀였어?"

그는 입맛을 다셨다.

술집에서 만났을 때 제법 마음에 들었다. 그러나 그곳은 규칙이 엄하다. 그래서 손대지 못했는데, 그녀가 방송에 나오는 것을 보고 환호성을 질렀다. 적당히 겁주면 새로운 타이틀을 얻을 수 있기 때문이다. 그런데 인터넷에 나오는 뉴스만 봐서는 흔하게 보는 술집 여자들과 별반 다르지 않았다.

"에잇, 더러운 년."

그는 그렇게 말했지만 사실 간과한 것이 있었다. 그런 사람이었다면 조말숙이 고용했을 리 없다는 사실을 말이다.

하지만 그럴 수밖에 없다. 원래 부자도 아니었고 승진을 통해 사장의 자리에 올라간 그다. 당연히 그곳에 대해 아는 게 없으니 이렇게 행동할 수 있었던 것이다. 알고 있었다면 안당과 요정을 대상으로 도발하는 미친 짓을 하지는 않았겠지만.

"나도 그럼 썰 한번 풀어 봐?"

그는 농락당했다는 생각에 인터넷에 자신이 본 제린에 대한 이야기를 풀기 시작했다. 그러나 그게 노형진이 기다리고 있는 것이었다.

⚖

"노 변호사님!"

도승진은 헐레벌떡 안으로 뛰어들어 왔다.

"큰일 났습니다! 그 녀석이 인터넷에……."

"쉿."

노형진은 뛰어오는 그를 말리면서 빙긋 웃었다.

"압니다. 저도 봤습니다."

"어쩌죠? 이제 큰일 났습니다."

"아니요. 제가 기다리던 게 이겁니다."

"네?"

노형진의 계획은 그녀의 과거를 덮는 것이었다. 그런데 이걸 기다리고 있었다니?

"어차피 저 녀석은 언젠가는 입을 나불거렸을 겁니다. 끌려든 끌려가지 않든 나불거렸을 겁니다."

"네? 왜요?"

"성화의 사장의 평균 근속 연수가 5년입니다. 사장은 임원입니다. 필요 없으면 가차 없이 쳐 내지요. 연봉 3억씩 받던 녀석이 갑자기 돈 한 푼 못 받는 백수가 되면 그 돈을 어디서 구하려고 할까요?"

도승진은 자신도 모르게 오싹해졌다. 결국 자신들이 무슨 선택을 하든 결과는 정해져 있다는 소리가 아닌가?

"결과적으로 언젠가는 터집니다. 그건 저라도 막을 수 없죠."

"그럼?"

"네, 지금 저 녀석은 인터넷의 분위기에 휩쓸려서 제린 양의 과거를 까발렸죠. 즉, 미래에 제린 양이 크게 성공했을 때 터트릴 정보로서의 가치는 상실된 거죠."

"하지만 이렇게 말이 많은데요? 지금 터지면 미래가 막힐 텐데?"

노형진은 미소를 지었다. 그의 걱정이 충분히 이해가 가기 때문이다. 물론 그 정도도 생각하지 않고 일을 시작한 노형진이 아니었다.

"근데 그걸 누가 믿습니까?"

"네?"

"상식적으로 말해서 말입니다, 사람은 두 곳에 동시에 존재할 수 없습니다."

"그게 무슨 말이죠?"

"후후후, 보면 압니다. 이제 슬슬 상황을 반전시킬 때군요."

"네?"

도승진이 고개를 갸웃하는 그때였다. 직원 중 한 명이 고개를 빼꼼 내밀었다.

"손님이 오셨는데요?"

노형진은 그를 들여보내라고 했다. 그러자 잠시 후 안으로 들어오는 한 남자.

"반갑습니다."

"네, 반갑습니다. 아, 인사하세요. 이쪽은 도승진 씨. 제린 양이 소속된 소속사의 사장님입니다."

"반갑습니다. 제린 양의 팬입니다."

"네? 아, 네…… 반갑습니다."

도승진은 인사하면서도 노형진을 바라보았다. 그가 누구인지 모르기 때문이다. 노형진은 그런 그들을 보다가 뭐라고 소개해야 할지 잠시 고민했다.

"음……."

그는 한참 고민하다가 천천히 미소를 띠면서 도승진에게 그 남자를 소개했다.

"이분은…… '범인 1호'라고 할 수 있겠네요."

"네에?"

도승진은 고개를 갸웃할 수밖에 없었다.

며칠 뒤, 도승진의 소속사에서는 이번 사태에 대해서 법적인 책임을 묻겠노라고 대대적으로 공표하고 고소와 고발을 하기 시작했다. 물론 그 때문에 인터넷에 더 소란스러워졌지만 정작 인터넷이 시끄러워진 것은 다름 아닌 그 최초 유포자라는 인간이 잡혀서였다.

"그냥 인터넷상의 분위기가 까도 된다는 식이라서…….
죄송합니다."

제린과 함께 술집에서 일했다면서 제린을 까는 글을 썼던 여자가 고소되어서 잡혔는데 잡고 보니 남자였다는 황당한 사태가 벌어진 것이다.

"그럼 제린 양과 알고 지내는 사이가 아니었던 겁니까?"

"그렇습니다. 전 전혀 모릅니다. 그냥 인터넷에서 까도 된다고 하기에 거짓말한 것인데……."

눈물을 흘리며 반성하는 남자를 본 기자들은 패닉에 빠졌다. 그동안 인터넷에서 떠드는 걸 보고 열심히 술집 여자라고 글을 써서 올렸는데 그 모든 것의 근본이 된 것이 모두 한 남자의 소설이었던 것이다. 일이 점점 커지자 사람들은 충격에 빠졌다.

그때 노형진이 제린의 담당 변호사로서 언론에 나와 그들의 약점을 공략했다.

"요즘 제린 양에 대한 소문이 많은 것을 알고 있습니다. 하지만 그 진실이라는 게 얼마나 허황된 것인지 여러분들은 모르실 겁니다."

"하지만 그녀를 봤다는 증언이 여기저기서 나오고 있는데요?"

노형진은 피식 웃었다.

"그 증언을 기자 여러분들이 확인했습니까?"

"네?"

"그 증언을 확인하셨느냐는 말입니다. 저 역시도 담당 변호사로서 그 증언들을 모으고 취합했습니다. 그런데 그 많은 증언들이 도무지 말이 되지 않는군요."

"무슨 말인가요?"

"대표적으로 몇 개를 이야기해 보죠. ○○월 ○○일 강남에 있는 룸살롱에서 남자들과 함께 차에 타는 제린 양을 봤다는 증언이 있습니다. 그런데 비슷한 시간에 제주도에 있는 수영장에서 다른 남자들과 함께 있는 제린 양을 봤다는 증언도 있습니다. 어떻게 생각하십니까?"

"어?"

"뭐야?"

기자들은 당황했다. 자신들은 그러한 시간적 교차점에 대해서는 몰랐기 때문이다.

물론 사실이었다. 워낙 소문이 많아서 그중 일부를 가져왔을 뿐이다. 그런데 노형진이 준비한 시간표대로라면 제린은 같은 시간에 최소 세 곳, 많으면 일곱 곳 이상의 공간에 존재해야 한다. 애초에 불가능하다는 소리다.

'증거를 감추려면 쓰레기통이라고 했지.'

어차피 과거를 감추려고 한다고 해서 감춰지는 게 아니다. 사실 당장은 성화 사장의 입을 막을 수 있을지는 몰라도 두 달간 만난 손님은 그뿐만이 아니니 결국은 누군가의 입을 통해서 나갈 수도 있는 법.

'한 사람이 도성에서 호랑이를 봤다고 하면 거짓말 취급받지만 두 명이 하면 소문이고 세 명이 하면 진실이 된다지? 후후후. 하지만 그 반대도 되는 법이지.'

차라리 말도 안 되고 터무니없는 정보 속에 사실을 묻어 버리면 나중에 누가 관련 발언을 해도 아직도 정신 못 차린 병신 취급만 받을 뿐이다. 애초에 모두가 다 거짓인 걸 아는데 자기 혼자 지껄여 봐야 누가 그를 상대하겠는가?

"그리고 동일한 시간대에 서울에 있는 요정에서 봤다는 증언도 있습니다. 심지어 동일한 시간대에 남자와 태국에 있다는 소문도 있더군요."

"헐?"

기자들은 그동안 인터넷에 있는 이야기를 듣기는 했지만 이렇게 시간대별로 분류되어 있는 것은 처음 봤기에 당황했다.

"이 시간대에만 제린 양이 무려 여섯 군데에 존재합니다. 그리고 다른 증거를 보여 드리지요. 이 인터넷상에 따르면 제린 양이 아침에 모텔에서 남자와 나오고 있다고 했습니다. 그렇지요?"

"네."

인터넷에 가장 많이 퍼진 소문 중 하나였다. 누군가 모텔에서 남자와 나오는 그녀를 발견했다는 것.

"그런데 말입니다, 이런 걸 보시면 그 의심이 불가능하다는 걸 알 겁니다."

노형진은 미리 준비된 사진을 프로젝터를 통해 벽면에 비췄다. 그리고 그걸 본 사람들은 고개를 갸웃했다.

"뭡니까?"

"그 시간대에 제린 양이 아버지의 병원비를 계산하는 장면입니다. 몸을 팔아서 서울에 있는 호텔에서 나오는 여자가 어떻게 동일 시간대에 밤새도록 아버지를 간호하고 아침에는 병원비를 계산하겠습니까?"

"허."

증거가 계속 나오자 기자들은 기가 막혔다. 도무지 말이 안 되는 사건들의 연속이었기 때문이다. 물론 대부분의 소문은 노형진이 계획적으로 흘린 것이다. 그러니 당연히 서로 충돌할 수밖에 없었다. 누군지 특정할 수 없는 소문들을 흘리면 검증되지 않은 채로 인터넷에서 계속 재생산된다. 그럼 사람들은 엄청난 정보의 홍수 속에서 헤매게 되는 것이다.

하나의 정보는 믿을 만하지만 과도한 정보는 도리어 의심을 사 믿을 수 없는 정보가 되어 버린다. 그게 서로 충돌할 때는 더욱 말이다.

"그럼 이 사태의 원인이 뭐라고 생각하십니까?"

"지난번에 잡혀 버린 사건과 비슷하다고 생각합니다."

"지난번 사건?"

"얼마 전 제린 양과 함께 룸살롱에서 일했다고 허위 사실을 유포한 사람이 잡혔습니다. 그런데 룸살롱에서 일한 여자가 아닌 남자였지요. 그 사정이 딱해서 우리가 합의하고 소를 취하했지만 그 후에도 바뀌는 것은 없었습니다. 이 사진을 보십시오. 제린 양이 술집에서 나온다고 인터넷에 돌고 있는 사진입니다. 그런데 이 사진을 조금만 확대해 보십시오. 제린 양의 피부 톤과 전혀 다릅니다. 제린 양은 까무잡잡한 데에 반해 몸이 필요 이상으로 하얗습니다. 이뿐만 아닙니다. 이 사진도, 저 사진도 모조리 다 합성입니다. 애초에 제린 양이라고 특정할 수 있는 사진 자체가 없다는 뜻입니다."

"으음?"

"믿으셔도 됩니다. 전부 대학 연구실에서 검사한 겁니다."

물론 이 합성 사진을 뿌린 것 역시 노형진이다. 혹시나 최득배가 사진을 가지고 있을까 염려되어서였다.

'하지만 이렇게 뿌려 두면 누가 믿겠어?'

제린의 합성 사진만 수십 개다. 근데 딱 봐도 그 수십 개의 사진들은 서로 다른 몸매와 전혀 다른 특징을 가지고 있었다. 절묘하게 하기는 했지만 합성인 것은 변함없는 것이다.

'99%의 거짓에 1% 진실을 감춘다.'

그럼 사람들은 99%만을 믿는다.

"저희는 이번 사태에 대해서 더 이상 두고 볼 수는 없다는 데 의견을 같이했습니다. 제린 양은 분명 아직 유명하지 않은 작은 소속사에 적을 두고 있는 연예인입니다. 하나 그렇다 해서 이렇게 개념도 없고 악의만 있는 일부 인간들에게 성적 비하의 대상이 되는 것은 두고 볼 수가 없습니다. 이에 저희는 악플러들에 대한 고소를 진행하겠습니다."

노형진이 그 말을 하는 시각에 인터넷상에서는 난리가 났

다. 악플러들이 예전에 썼던 글들을 지우느라고 난리 법석을
떨기 시작한 것이다.

"잘 부탁드립니다."

노형진은 슬며시 봉투를 내밀었다. 그걸 받아 든 여자는
고개를 끄덕거렸다.

"저 역시 이번 일을 슬프게 생각합니다. 이건 있을 수 없는
일입니다. 단순히 소문만 믿고 힘없는 여자를 상대로 그렇게 성
적 비하를 한다는 건 우리나라의 후진성을 보여 주는 겁니다."

눈앞에 있는 사람은 다름 아닌 여성정우회의 회장이었다. 여
성정우회는 우리나라에 있는 가장 큰 여성 단체이기도 하다.

"저 역시 그렇게 생각합니다. 그렇기에 이렇게 적극적으
로 지원을 아끼지 않는 거지요."

"그 숭고한 뜻, 충분히 이해합니다."

노형진은 단순히 고소만 하는 것으로 끝낼 생각이 없었다.
이참에 누구도 입을 열 수 없도록 뒤에 강대한 세력을 두기
로 마음먹은 것이다.

"그럼 제린 양은 어떤 상황입니까?"

"이번 일로 인해서 정신적 충격을 받아 상담 치료를 받고
있습니다."

"저런."

"조만간 복귀해야겠지만 더 이상 이런 말이 안 나왔으면 합니다. 제린뿐만 아니라 다른 수많은 젊은이들이 이런 말도 안 되는 헛소문에 고통 받는 거 원하지 않습니다."

"압니다. 안 그래도 우리 여성정우회에서는 이번 사태에 대해서 심각하게 생각하고 있습니다."

"그럼 잘 부탁드립니다."

"네."

노형진은 여성정우회에 상당한 찬조금을 냈다. 조말숙이 노형진에게 준 4천 중 절반이었다. 여성정우회는 그걸 받고 충분히 노형진을 도와주기로 했다.

"그럼 이만."

"살펴 가십시오."

노형진이 나오자 기다리고 있던 도승진이 다가왔다.

"잘되었나요?"

"네, 잘되었습니다."

얼마 후면 여성정우회에서는 이번 사태에 대해서 규탄 성명과 기자회견을 할 것이다.

"하지만 여성정우회가 얼마나 도움이 될까요?"

사실 여성정우회는 우리나라에서 아주 큰 여성 단체이기는 하지만 일반적인 사람들에게 큰 영향력을 행사하는 집단인 건 아니다. 그런데 무려 2천이나 주고 기자회견을 부탁한 노형진을 도승진은 이해할 수가 없었다.

"우리의 목표는 네티즌이 아니니까요."

"네?"

"우리의 목표는 네티즌이 아닌 최덕배입니다."

"아!"

"최덕배는 성화의 사장이지요. 그리고 성화는 상당한 규모를 자랑하는 기업입니다. 그중에서는 여성을 대상으로 하는 사업도 적지 않지요. 화장품이나 여성복 같은 거 말입니다."

"아!"

아무리 여성정우회가 위력이 없다고 해도 우리나라에서 가장 큰 집단 중 하나다. 그 상황에서 관련된 자를 규탄했는데 그 관련된 자 중에서 성화의 사장이 나온다면 어떻게 보일까?

"성화의 입장에서는 무척이나 부담스러울 겁니다."

그리고 성화의 행동 방식을 보면 그들이 취할 행동은 하나뿐이다.

"단순히 입만 막는다고 끝이 아닙니다. 다시는 나불거리지 못하고 나락으로 끌어내려야지요."

노형진은 어쭙잖게 사건을 무마하고 싶은 생각은 없었다.

⚖

"얼마요?"

제린은 자신의 귀를 의심했다.

"3억."

"3억요?"

"그래, 광고 한 편에 3억입니다."

"말도 안 돼……."

새롭게 들어온 광고 조건. 그런데 그 조건이 터무니없었다. 무려 3억. 그것도 당대 최고 인기인들만 찍는다는 화장품 광고다.

"그렇게 많이 준다고요?"

제린이 인기가 있긴 하지만 화장품 광고를 찍을 정도는 아니다. 그런데 3억이나 주면서 찍다니.

"당신은 이제 전국에서 제일 유명한 사람입니다. 지명도로 당신을 이길 사람이 얼마나 될 것 같습니까?"

"하지만…… 그건……."

"네, 노이즈 마케팅이었지요. 하지만 한 방에 역전되지 않았습니까?"

처음에는 욕하던 사람들이 많았다. 관심이 없는 사람들도 제린이라는 이름을 하루에 몇 번씩 들어야 했다. 그러던 와중에 모든 것이 갑자기 바뀌었다. 그녀에 관련된 모든 소문이 몇몇 안티 팬들이 만들어 낸 헛소문이라는 것에 사람들은 제린을 불쌍하게 생각했고, 그 감정은 제린에게 우호적인 결과로 돌아왔다.

"아마 대한민국에서 당신이라는 존재를 모르는 사람은 거의 없을 겁니다."

"이럴 수가……."

"노이즈 마케팅은 잘만 쓰면 최강의 위력을 가집니다. 하지만 그렇게 잘 쓰는 것이 힘든 거죠."

"그렇지만 아직도 그 소리를 하는 사람들이 있잖아요?"

제진요, 그러니까 '제린에게 진실을 요구합니다'라는 카페의 운영자를 비롯한 극소수 인간들은 아직도 그녀가 술집에서 일했다고 하면서 길길이 날뛰고 있었다.

"그런데 그걸 누가 믿는데요?"

"네?"

"증거 있습니까? 아니면 증인이 있나요? 그들에 내놓는 모든 증거들은 부정당했습니다. 모든 사실들은 입증이 불가능하죠. 결국 자기들끼리 하는 말밖에 없는 거죠."

"그런……."

"연예인이 안티 없이 생활한다는 건 거의 불가능합니다. 애초에 그런 녀석들은 상대방이 누구더라도 욕하고 물어뜯을 놈들입니다. 다만 이번에는 제린 양이 만만해 보였을 뿐입니다."

"아……."

노형진의 경험상 악플을 달면서 헛소리하는 인간들은 상대방이 누구이고, 바른말을 하든 말든 그저 헛소리만 해 댄다.

"그런 인간들은 신경 쓰지 마세요. 당신에게는 그 수백 수천 배나 많은 팬들이 있습니다."

노형진은 수많은 허위 사실 유포 및 명예훼손으로 못해도 수백 명을 고소했다. 물론 그들은 나름 불쌍하기는 하지만 그래야 자신이 뿌린 헛소문을 무마할 수 있다.

'그리고 그 덕분에 대인배 제린이라는 말까지 생겼지.'

물론 함정에 빠진 사람들에게 전과를 달게 만들 정도로 노형진은 멍청하지 않았다. 그래서 함정에 빠진 사람들에 대해 자필로 쓴 반성문을 인터넷 홈페이지에 올리게 했다. 그리고 제린에게 그런 사람들에게 직접 용서의 편지를 보내고 소를 취하하는 것으로 마무리 지었다.

명예훼손은 친고죄이기 때문에 취하하면 아무런 흔적도 남지 않는다. 그 덕분에 적지 않은 수의 악플러들이 그 버릇을 고쳤을 뿐만 아니라 인터넷상에서 '대인배 제린'이라는 칭호까지 얻었다.

결과적으로 이름은 이름대로 날리고 악플러들은 떨쳐 내며 대부분의 사람들의 호감을 사게 된 것이다.

"이제 남은 건 제린 양의 밝은 미래뿐입니다."

제린은 눈물이 흘렀다. 도무지 방법이 없어 보였다. 다급한 마음에 한 실수가 평생을 망칠 거라 생각했다. 그런데 이렇게 전화위복이 될 줄이야.

'미다스의 손이라고 하더니……'

어찌 되었건 노형진은 노이즈 마케팅으로 그녀를 최고의

자리에 올려놨다. 이제 그 자리를 지키는 건 그녀의 일이다.

"감사합니다. 감사합니다."

그녀는 계속해서 감사의 인사를 건넸다. 하지만 노형진은 그런 그녀를 진정시켰다.

"그건 나중에 하세요. 아직 일 안 끝났습니다."

"일이 안 끝났다니요?"

"분란의 싹은 애초에 뽑아 놔야 하거든요. 후후후."

노형진에게 후환을 남길 생각 따위는 눈곱만큼도 없었다.

"이런 염병! 그년은 요정에서 술 따르던 년이었다니까!"

최득배는 미치고 팔짝 뛸 지경이었다. 하지만 경찰의 얼굴에는 비웃음이 가득했다.

"그래서 요정에서 제린이 술 따라 주는 걸 먹었다?"

"그렇다니까!"

"왜 2차는 안 나갔고?"

"그년이 안 나가서 내가 쓴 돈이 얼만데!"

경찰은 고개를 흔들었다.

"이보시오, 아저씨. 대기업 사장쯤 되는 사람이 그렇게 살고 싶어요?"

"뭐라고?"

"내가 지금 제린 양 사건만 몇 개를 하는데 죄다 자기 말이 맞다고 하지. 근데 증거가 없잖아. 증거가."

"요정에 물어보면 되잖아!"

"물어봤어. 그런 애 없었다는데 장난도 적당히 해야지."

"아우, 돌겠네."

노형진은 많은 사람들을 용서했다. 자신이 판 함정에 빠진 불쌍한 사람들이기도 하니까.

하지만 절대로 용서하지 않는 사람들도 있었다. 바로 직접 이상한 헛소문을 만들어서 뿌린 인간들이었다. 그들은 함정에 빠진 게 아니라 스스로 범죄를 저지른 것이니까. 그 와중에서도 일부는 사실이 아닌 것을 사실이라고 우기기도 했다. 누가 봐도 말도 안 되는 것인데 그걸 사실로 믿고 우기는 것이다. 일종의 정신병이다. 자신의 말이 사실이라 믿는.

그리고 경찰이 봤을 때 최득배는 그런 자들과 똑같은 인간이었다.

"그년은 술 따르던 기생이라니까."

"하아, 진짜 말 안 통하네."

결국 취조하던 경찰은 고개를 흔들었다. 사회적인 지위도 있고 해서 최대한 좋게 해 주려고 했지만 이런 식이라면 해 줄 수 있는 게 없다. 제린 측에서 봐주겠다고 하긴 했지만 이런 미친놈을 어떻게 봐주란 말인가?

"그냥 사실대로 쓸 테니까 알아서 하세요. 그 뒷일은 알아서 하시고."

"그러니까 내 말이 사실이라니까!"

"네, 네."

결국 최득배가 주장하는 대로 진술서를 쓴 경찰.

최득배는 그 진술서에 도장을 찍고 나오면서 이를 빠드득 갈았다.

"망할 개 같은 년, 어디서 거짓말을……."

최득배는 경찰서를 나왔다. 그때 그는 들어가지 못했던 한 무리의 사람들을 발견했다.

"어? 저기 나온다!"

"뭐야?"

자신을 보고 반응하는 사람들을 본 최득배는 갑자기 등골이 오싹해졌다.

그가 나오자마자 달려드는 사람들. 그들은 다짜고짜 최득배에게 카메라와 마이크를 들이댔다.

"그 말이 사실인가요?"

"이번 사건의 주범 중 한 명으로 지목되었는데, 그에 대해 어떻게 생각하십니까?"

"도대체 왜 그런 거짓말을 하신 거죠?"

당황한 그는 뒤로 주춤주춤 물러났다. 기자들이 와 있을 거라고는 생각도 못했던 것이다.

"무슨 소리야? 사실을 말한 것뿐이야! 난 사실을 말했다고!"

이것이 법이다

하지만 그 말을 들은 기자들의 얼굴에는 진실을 포착했다는 기대감보다는 이슈가 될 만한 미친놈이라는 표정만이 어릴 뿐이었다.

"무슨 소리야! 그년은 기생이라고!"

"애초에 일했던 곳에서는 그런 사람이 없다는데요?"

"그쪽이 거짓말한 거야!"

"그럴 이유가 없지 않습니까?"

기자들이 다가오자 점점 물러나는 최득배.

그 순간이었다.

"자, 자, 기자분들, 그만하시죠."

누군가 자신을 도와준다는 생각에 최득배는 고개를 돌렸다. 하지만 그곳에 서 있는 남자, 노형진을 보자 얼굴을 찌푸렸다. 그도 노형진이 이번 사건의 담당 변호사라는 것을 알고 있었기 때문이다.

"정신적으로 불안할 수도 있는 분을 자극하는 거 아닙니다."

"그게 무슨 말씀이시죠?"

우르르 노형진에게 다가가는 기자들.

"얼마 전 비슷한 증상을 보이는 아이의 부모님에게서 진단서를 받았습니다. 자신이 말한 것을 진실로 믿는 정신병이 있더군요. 리플리 증후군이라고 하던가요?"

"네?"

"그게 무슨 말이죠?"

"벌써 그런 아이를 세 명이나 만났습니다."

그러면서 노형진은 최득배를 바라보았다.

"그게 성인이라고 해서 걸리지 않는다는 법은 없지요."

"설마?"

미친놈을 보듯이 최득배를 바라보는 기자들.

최득배는 그들에게 아니라고 하고 싶었지만 자신에게 쏟아지는 시선들이 너무나 차가웠다.

"젠장!"

그는 도망치다시피 관용차가 있는 곳으로 뛰어갔다. 그러나 그가 본 것은 주차장의 텅 빈 자리였다.

"뭐야?"

그 자리에는 분명히 있어야 하는 자신의 차와 운전기사가 없었던 것이다.

"얼씨구, 이 새끼 봐라? 죽으려고 환장했구나."

그는 괜히 운전기사에게 분노하면서 이를 빠득빠득 갈며 운전기사에게 전화를 걸었다.

"이 씹 쌔끼야! 어디야! 당장 차 안 가지고 와? 모가지 날아가고 싶어!"

운전기사가 전화를 받자 전화기에 대고 소리소리 지른 최득배. 그런데 운전기사는 전화를 받자마자 끊어 버렸다.

"뭐야? 이 새끼가 미쳤나?"

다시 한 번 전화했지만 이제는 아예 받지도 않고 끊어 버리는 운전기사.

"오냐, 이 새끼! 오늘 뒈졌어!"

그는 이를 바득바득 갈면서 경찰서 밖으로 나갔다. 그리고 손을 번쩍 들었다.

"택시!"

⚖

쾅!

다음 날 아침, 최득배는 문을 박차고 직장 사무실로 들어 갔다.

일하던 직원들은 그를 발견하고는 얼어붙었다. 그러자 잔 뜩 화가 나 있던 그는 소리를 버럭 질렀다.

"뭘 봐, 이 새끼들아! 일 안 해?"

다시 고개를 돌려서 일하기 시작하는 직원들.

"아오, 씨발…… 진짜 이 새끼들이 단체로 미쳤나!"

투덜거리면서 그는 자신의 사무실로 들어갔다.

"운전기사 이 새끼를 당장 자르……."

안으로 들어가던 최득배는 그대로 얼어붙었다. 사무실의 내부 풍경이 아는 것과는 많이 달랐기 때문이다.

"뭐야?"

분명 그 자리에 있는 의자와 책상. 하지만 그 위에 있던 자신의 집기들과 책장에 있던 책들 그리고 명패들이 사라졌다. 정확하게는 네모난 상자에 담겨서 바닥에 놓여 있었다.

"뭐야? 뭐가 어떻게 된 거야?"

그는 직감적으로 일이 잘못되었다는 사실을 알았다. 임원은 직원이 아니다. 그래서 노동법의 보호를 받지 못한다. 나가라면 나가야 하는 것이다.

"이…… 이건……."

바닥에 놓여 있는 짐들, 텅 비어 버린 자신의 책상, 상자 안에 처박혀 있는 자신의 명패. 그리고 자신에게 말도 하지 않고 돌아간 회사에서 지급한 차량과 운전기사.

"야! 이게 뭐야!"

문을 벌컥 열고 소리를 질렀지만 누구도 그의 말에 대꾸하지 않았다.

"이게 뭐냐고!"

그가 막 소리를 지르고 있자 한 남자가 다가왔다. 이 회사의 전무였다.

"김 전무, 이게 뭐야!"

김 전무는 마치 당연하다는 듯이 말을 꺼냈다.

"모르시지는 않지 않습니까?"

"말도 안 되는 소리 하지 마! 내가 뭘 잘못했다고!"

그 말에 조용히 신문을 건네는 김 전무. 거기에는 성화의 사장이 이번 사태의 주범이라는 뉴스가 나가 있었다.

"안 그래도 미국 사태 때문에 위에서 이런 일에 예민한 거, 모르셨습니까?"

미국에서 벌어진 반쯤 테러에 가까운 행위로 성화의 이미지는 이미 바닥을 치고 있었다. 그런데 이번 일까지 터지는 바람에 골치가 아픈 상황이 된 것이다

"여성 단체에서 뭐라고 하는지 아십니까?"

"으으으……."

"좋게 끝냅시다."

전무는 마치 아랫사람 대하듯이 최득배의 어깨를 툭툭 두들기면서 신문 하나를 그의 발치에 툭 던졌다.

"이 세상에 미친놈한테 회사 사장 자리를 맡길 기업은 없습니다."

그 신문에는 큰 글씨로 이렇게 쓰여 있었다.

성화의 사장이 제린 사태의 주범, 리플리 증후군으로 밝혀져. 성화 내부 인사 시스템에 심각한 문제 발생. 정신이상도 걸러내지 못하는 비정상적인 인사 시스템, 무엇이 문제인가.

임원을 하다가 몰락하면 재기는 불가능하다. 다시 돌아올 수도 없다. 더군다나 그에게 붙어 버린 미친놈이라는 타이틀. 세상에 미친놈을 써 줄 기업은 없다. 결국 취업도 하지 못한 채로 무너지는 수밖에 없다. 즉, 그에게 남은 미래란 없

는 것이다.

"으아!"

최득배는 그대로 절망적인 비명을 질렀다.

이것이법이다

또 하나의 가족

　노형진은 변호사다. 폭력을 배척하고 법을 지키는 사람이다. 하지만 살다 보면 폭력이 필요한 경우도 있다는 것을 알고 있었다. 그리고 지금 이 순간 폭력이 필요하다는 것도 알고 있었다. 가끔은 법보다 주먹이 가까운 법이니까.

　"후우."

　노형진은 하늘을 보면서 한숨을 내쉬었다. 그리고 주변 사람들을 바라보았다.

　"이런 일이 있기를 바라지 않았습니다."

　하지만 대상은 애써 미소를 지을 뿐이었다. 어떻게 해서든 지금 상황을 벗어나고 싶은 모양이었다. 그러나 이미 벗어날 수 있는 시점은 한참 지났다. 아니, 불가능했다.

"지금 웃음이 나옵니까?"

"하하하."

애써 웃지만 노형진은 웃지 않았다. 대신에 주변에 단호하
게 말을 꺼냈다.

"매달아."

"자…… 잠깐만……. 그러지 말고 잠깐만!"

그러나 주변의 사람들은 그의 말을 무시하면서 그를 거구
로 매달았다. 노형진은 천천히 몸을 일으켰다. 그리고 손에
들린 물체를 꽉 쥐었다.

"이 악무십시오."

"잠깐! 아니, 잠깐만!"

노형진의 표적이 된 박광석은 비명을 질렀다. 하지만 노형
진은 기다리는 대신에 쥐고 있던 북어로 발바닥을 후려쳤다.

"한 대요!"

"으악!"

"두 대요!"

"으아아악! 잠깐, 동생! 말 좀……!"

"어허, 동생? 이러시면 곤란하지요. 세 대요!"

"으악! 잘못했어…… 동…… 아니, 처남! 처남!"

"뭘 잘못했지요?"

"그러니까!"

"네 대요!"

"으아악! 지금이 어떤 시대인데 발바닥 때리기야!"

"좋게 생각해요. 정력에 좋다잖아요."

"나 정력 쓸 일 없거든! 끄아악!"

거꾸로 뒤집힌 채로 발바닥을 맞는 박광석. 그리고 때리는 노형진과 그걸 보면서 낄낄거리는 친구들.

"이 자식아, 결혼 1호면 그 정도 각오는 해야 하는 거 아냐?"

"노형진! 매형이라고 너무 살살 친다."

"네입!"

"끄악!"

철썩 소리 나게 내리치는 노형진. 그리고 웃는 사람들.

하지만 노현아는 안절부절못하고 있었다.

"야! 그만 때려!"

"누나, 이런 도둑놈은 맞아야해."

"도둑 아냐!"

"도둑이지. 누나의 마음을 훔쳐 간 도둑."

"우와, 대도네, 대도."

"낄낄낄."

결혼. 축복받고 행복한 일. 노형진은 감회가 남달랐다.

'드디어.'

원래 역사에서 결국 죽음을 피하지 못했던 누나였다. 노형진이 회귀하자마자 가장 먼저 한 것은 그런 누나를 위해서 옆에 있던 녀석을 쳐 내고 다른 사람을 붙여 주는 것이었다.

그리고 그 다른 사람은 다름 아닌 박광석. 미래의 검사였다.

하지만 안 바뀐 것도 있었으니.

"형진아."

"네, 아버지."

"넘겨라."

"헉! 장인어른."

"이눔의 시키, 내 딸을 도둑질했으니 맞을 각오는 했겠지?"

"으헉!"

"하하하."

그 말에 웃는 사람들.

'좋다.'

과거의 모두가 싫어했던 일이 아닌 진심으로 축하해 주는 결혼. 물론 고작 스물다섯 살에 결혼하는 이유가 있기는 하지만.

"아니, 어쩌다 보니……."

"어쩌다는 어쩌다야! 남자로서는 이해가 가나 아버지로서는 용납 못한다."

"으억!"

풀 파워로 발바닥을 치는 노형진의 아버지.

박광석이 아파서 온몸을 비틀자 노현아는 더욱 안절부절못하면서 아버지를 말렸다.

"아빠! 그러다가 죽어요!"

"안 죽어. 나는 네 엄마랑 결혼할 때 매달려서 밤새도록 맞았어!"

"아빠!"

"아, 진짜 딸자식 낳아 봐야 소용없다더니."

낄낄거리는 사람들. 그리고 그걸 보면서 반쯤은 장난스러운 얼굴로 말하는 노형진의 어머니.

"맞을 짓 했지요. 멀쩡한 처녀를 끌고 사흘간 잠수 탔는데 안 죽은 게 다행인 줄 알아요."

"아니, 그건 또 왜 말해?"

"오오오오, 아버님, 남자!"

"남자 아냐! 사흘간 선 넘지 말라고 했다고 안 넘었던 사람이야, 저 인간이!"

"우우우!"

"하하하."

노형진은 그렇게 한참 웃다가 묶여 있던 박광석을 풀어 줬다.

"아프다, 야."

"과속했으면 그 정도는 각오하셨어야지요."

바뀌지 않은 한 가지. 그건 바로 과속이었다. 물론 자동차를 과속했다는 소리는 아니다.

"어우야, 그건 어쩌다 보니……."

박광석은 사법시험에 합격했다. 그리고 대학을 졸업하고 바로 사법연수원에 들어가게 되었다. 그런데 사법시험에 합격한 날, 사고를 쳤다. 축하라는 명목하에 말이다.

"어쩌다 보니라니! 남자의 인생에 어쩌다 보니는 없다! 계획만 있을 뿐."

"하하하."

"호호호."

노형진은 웃는 사람들을 보면서 왠지 눈물이 났다. 축복받은 결혼식. 누나에게 선물하고 싶었던 그것.

"노형진, 왜 울어? 우쭈쭈쭈, 이 누나가 떠난다고 하니까 슬퍼서 그래?"

"아니, 그냥 저런 매형을 믿고 살아야 하는 내 조카가 불쌍해서."

"이것이 진짜."

"하하하."

사고를 쳤다고 하지만 반향은 그다지 크지 않았다. 양가 부모가 서로 사귀는 걸 알고 있었던 데다 애초부터 결혼시키자는 이야기가 나오고 있었다.

또한 노형진의 집안에서는 공부 잘하고 장래가 창창한 박광석에게 불만이 없었고, 박광석의 집안은 엄청난 부자이자 유명한 변호사인 노형진의 집안에 불만이 없었다.

더군다나 박광석이 빠르게 사법시험에 합격할 수 있었던 것이 노형진이 그를 도와서 공부했기 때문에 가능한 일이라는 걸 알고 있었기에 더욱 환영할 일이었다.

"후후후, 아프다."

"더 때리려다가 말았어요."

"우우우…… 넌 우리를 적극 밀어주는 쪽 아니었냐?"

"누군들 안 그런가요? 다만 누나를 빼앗긴 동생의 입장도 좀 생각해 주시죠."

"우우우……."

사법시험에 합격한 덕분에 바로 사법연수원에 들어가는 데다가 사고까지 쳤으니 양가 집안은 이참에 결혼시켜서 내보내자고 합의했다.

"그나저나 어느 쪽으로 갈 거예요?"

"뭐가?"

"판사? 아니면 검사?"

일반적으로 사법연수원이 끝나면 판사와 검사 중 선택해야 한다. 물론 성적순으로 자르면 수석인 박광석은 판사를 하게 될 것이다. 하지만 검사나 변호사도 선택할 수 있다.

"나? 난 그냥 판사 하려고."

"네?"

노형진은 깜짝 놀랐다. 원래 그는 검사를 하기 때문이다.

"판사 하려고요?"

"그래."

"왜요? 검사 하신다고 하지 않았어요?"

"그랬지. 근데 생각이 바뀌었어."

"네?"

"검사가 되면 너 같은 괴물하고 싸워야 하는데 자신이 없다."

"말도 안 되는 소리 하지 마시고요."

어차피 검사가 돼도 노형진의 사건은 그에게 배당되지 않는다. 설사 어쩌다가 된다 하더라도 박광석의 특성상 기피 신청을 할 것이다. 가족끼리 재판하게 되면 누군가 불공정하다고 생각할 게 뻔하니까.

"그냥, 네 덕분에 수석이라는 것도 해 보고…… 사실은 널 보면서 많은 걸 느꼈어."

"어떤 걸요?"

"검사는 의외로 힘이 없다는 것."

"힘이 없다?"

"그래, 결국은 검사라는 건 판사의 결정을 기다려야 하는 처지잖아."

노형진은 고개를 끄덕거렸다.

'하긴 그게 문제이기는 하지.'

검사가 10년을 구형해도 판사는 벌금을 때리면 그만이다.

검사가 아무리 정의를 외쳐도 판사가 잘라 내면 그만이다.

물론 검사라는 존재에게 구형이라는 강력한 무기가 있기는 하지만 판사에게는 의미가 없다.

"결국은 있잖아? 진실을 알아야 하는 것은 판사라고 생각해."

"흠……."

"너 덕분에 진실을 아는 법을 알았으니 판사 쪽이 더 나을 것 같아, 솔직히."

박광석은 노형진에게 많은 것을 배웠다. 가장 대표적인 것이 바로 사건의 이면, 그러니까 진실을 보는 방법이었다. 사건은 현실이다. 하지만 검사와 변호사가 쓰는 사건은 평면적이다. 종이에 쓰인 정보일 뿐이다. 판사에게는 그런 것을 꿰뚫어보는 눈이 있어야 한다.

'확실히 바뀌었어.'

그럴 수밖에 없다. 원래 역사에서 박광석은 괴롭힘 당한 것에 대한 분노로 인해 복수하기 위해 공부해서 검사가 되었다. 하지만 이번 생에서는 노형진 덕분에 일찌감치 복수한데다가 사건의 이면을 보는 방법을 배우면서 새로운 목표가 생긴 것이다.

'뭐, 그것도 나쁘지는 않네.'

신념만 있다면 그것도 나쁘지는 않다. 신념 없이 뭘 하는 것은 잘못되기 마련이니까. 노형진이 그를 마음에 들어 한 것도 그렇게 고생하면서도 그리고 검사가 되어서도 자기 신념은 지켰기 때문이다. 물론 학교 폭력을 하는 녀석들에게는 저승사자였지만.

"그것도 좋지요."

"일단은 수석으로 졸업할 때의 이야기지."

"그럼 수석 졸업 안 하시려고요?"

"난 너 같은 괴물이 아니거든?"

"하하하."

노형진은 웃으면서 박광석을 바라보았다. 드디어 오랜 꿈들 중 하나가 해결되는 순간이었다.

"형."

"응?"

"고마워요."

"뭐가?"

"그냥요."

이제 남은 것은 누나가 행복한 삶을 살기를 기도하는 일뿐이었다.

⚖

"엄마가 외로워하는구나."

노형진은 얼마 뒤 부모님의 집을 찾아갔다가 고개를 갸웃했다.

"네?"

"너희 엄마 말이다. 요즘 참 공허하게 사는 것 같아. 우울해 보이고."

"아······."

노형진은 왜 그런지 알 것 같았다. 빈둥지증후군. 자식이 장성해서 나가면 부모가 공허감을 느끼는 현상이다. 특히 어머니들이 많이 느낀다.

노형진은 일 때문에 아예 서울에 방을 구해서 나가 있었다. 그래서 집에 있는 것은 누나뿐이었는데 이제는 결혼해서 독립했다. 그러니 집에 아무도 없는 것이다.

"어쩐다……. 그렇다고 이 나이에 애를 낳을 수는 없지 않느냐?"

노형진은 잠시 고민하다가 뭔가 생각난 듯 아버지를 바라보았다.

"그러면 강아지를 하나 키우시는 건 어때요?"

"강아지?"

"네."

"강아지라……."

아버지는 얼굴을 찌푸렸다. 개를 집 안에 들이는 걸 그다지 좋아하지 않기 때문이다. 그래서 노형진과 노현아는 개나 고양이를 키워 본 적이 없다.

"음…… 바깥에 키우면 안 되겠지?"

"안 되죠. 그러면 의미가 없지요."

"흠……."

아버지는 슬쩍 고개를 돌려서 방을 바라보았다. 힘이 없다면서 노형진이 왔는데도 방에서 나오지 않는 어머니였다.

"뭔가를 위해서는 뭔가를 포기해야지요."

"그거야 그렇지."

"그리고 이야기를 들어 보면 꼭 그런 분들이 강아지를 들이면 더 귀여워하더라고요."

"크흠……."

"그냥 시키는 대로 하세요. 어차피 이제 두 분이서 사셔야 하잖아요."

"흠……."

하긴 노형진도 그렇고 노현아도 그렇고, 무척이나 일찍 분가한 타입이다. 그러다 보니 아직 두 분이 정정한데도 공허함을 느낄 수밖에 없었다.

"그럼 그럴까?"

"그러세요. 요즘 그러는 분들이 많다고 하니까."

노형진은 방송에서 봤던 이야기를 기억해 냈다. 그런 빈둥지 증후군에는 애견들이 많은 도움이 된다고 했던 것을 말이다.

"그래, 그래야겠구나."

아버지는 고개를 끄덕거렸고, 노형진은 다시 서울로 올라오고 난 후 모든 것을 새까맣게 잊어버렸다.

⚖️

"형진아."

"네?"

노형진은 자다가 일어나서 엉겁결에 전화를 받았다.

"이 시간에 어쩐 일이세요?"

노형진은 잠결에 시계를 보면서 물었다. 새벽 2시는 보통 전화하는 시간이 아니다.

"뽀삐가 죽었다."

노형진은 이해하지 못하고 멍하니 있었다. 하지만 어느 정도 머리가 맑아지자 뽀삐라는 이름이 기억났다.

'아, 강아지.'

얼마 전 아버지가 어머니를 위해 데려온 강아지였다. 하얀색의 몰티즈. 귀엽게 생긴 녀석이었다.

"죽었다고요?"

"그래."

"아니, 왜요? 데리고 온 지 얼마나 되었다고요?"

고작 일주일 조금 넘었을 뿐이다. 그런데 죽었다니?

"사고라도 있었어요?"

"유전병이라고 하더라."

"네?"

노형진은 어이가 없었다. 유전병이라니? 그는 한 번밖에 보지 못했다. 그렇지만 그 자신에게 재롱을 떨던 그 하얀 강아지를 잊을 수가 없었다. 그런데 유전병이라니?

"그게 무슨 말이에요?"

"병원에 갔더니 원래 심장이 기형이라고 하더라. 그래서 원래 오래 못 살았을 거라고……."

"뭐라고요?"

노형진은 기가 막혔다. 유전병이라니?

"유전요? 아니, 그게 말이나 돼요?"

"후우…… 모르겠다……. 그나저나 너희 엄마가 큰일이다. 그동안 얼마나 귀여워했는데……."

자식들이 떠난 자리에 들어와서 재롱도 떨고 이리저리 따라다니는 강아지가 얼마나 예뻤겠는가? 그런데 하루아침에 죽었으니 상심이 클 수밖에 없었다.

"일단은 내일 쉬는 날이니까 바로 갈게요."

노형진은 자리에서 일어났다.

"아…… 진짜 걱정이네."

그가 갔을 때 그보다 더 우선시한 게 그 뽀삐라는 강아지였다. 그런데 갑자기 죽다니.

노형진은 왠지 속에서 분노가 치밀어 올랐다.

⚖

"심장 기형입니다."

수의사는 안타깝다는 듯 사진을 보여 주면서 설명했다.

"보이시죠? 애초에 심장 자체가 정상이 아니었어요. 일찍 발견했다면 수술했을지도 모르지만……. 아니, 이 정도면 수술도 불가능하겠네요. 강아지가 너무 어렸어요. 체력이 안 되었을 겁니다."

"그럼?"

"하늘이 도와주지 않는 이상 죽을 운명이었던 거죠."

"흑흑."

노형진의 어머니는 그 말에 더욱 슬프게 울었다. 그걸 보는 노형진은 가슴이 찢어지는 것 같았다.

"자, 자, 진정해."

아버지는 그런 어머니를 진정시키면서 바깥으로 나갔다. 더 이상 이야기를 들어 봐야 가슴만 아프기 때문이다.

"도대체 왜 기형이 있는 걸 판 겁니까?"

노형진은 이해할 수가 없었다. 물론 이곳에서 판 것은 아니다. 시내에 있는 애견 센터에서 데려온 강아지다. 하지만 누군가 그 답을 원했기 때문에 그저 반쯤 넋두리로 한 말이었다. 그런데 의외로 수의사는 선선히 대답해 줬다.

"사실은 이런 일은 많습니다."

"네?"

노형진은 깜짝 놀랐다.

"공장에서 데려오는 애들이거든요, 불쌍하지만."

"공장요?"

"네, 아, 보통은 모르시죠?"

"공장이라니요? 강아지가 인형도 아닌데 어떻게 공장에서 데려온다는 겁니까?"

수의사는 한숨을 쉬었다.

"우리나라의 잘못된 문화 중 하나죠. 돈만 되면 생명 취급도 안 하는."

"네?"

"공장이라고 부릅니다만 보통은 애견 번식소라고 부릅니다."

"애견 번식소요?"

"네, 강아지들은 가격이 좀 나가지요. 그러다 보니 아무래도 비양심적인 인간들이 좀 있어요."

"그게 무슨 말씀이세요?"

"그게 말이죠."

수의사는 잠시 고민하다가 입을 열었다. 어차피 현실을 알아야 한다. 그래야 다른 강아지를 살 때 조심한다.

그는 오랜 시간 동안 수의사를 해 왔기 때문에 강아지가 죽었을 때 가족들이 얼마나 슬퍼하는지 알고 있었다. 그러니 처음부터 건강한 강아지임을 확인하고 데려오는 게 좋다고 생각했다.

"애견 번식소는 정상적인 공간이 아닙니다."

그의 말에 따르면 모든 동물들에게는 자기만의 임신 사이클이 있다고 한다. 아무 때나 임신하는 것은 인간과 몇몇 종뿐. 문제는 그 사이클에 맞추면 아무 때나 강아지를 구하지 못한다는 것이다.

"상식적으로 짐승에게는 발정기라는 게 있는데 애견 분양소에 가면 상시 어린 강아지들이 있습니다. 이해가 가십니까?"

그러고 보니 그랬다. 언제나 애견 분양소에 가면 강아지들이 있다. 그런데 짐승들은 보통 1년에 한 번 발정기를 겪고 새끼를 낳는다. 그건 불가능한 것이다.

"그래서 업자들은 강아지들에게 발정제를 먹여서 임신하게 합니다. 그걸 모견이라고 하는데 솔직히…… 못할 짓이죠. 거기에다가 그곳은 정상적인 곳이 아니에요. 진짜 차라리 죽는 게 나을 정도로 열악한 곳이 대부분입니다."

"네에?"

"그런 곳에서 발정제를 먹고 끊임없이 임신해서 태어나는 강아지가 정상이겠습니까? 더군다나 개들도 사회성이라는 게 있습니다. 개가 태어나서 사회성을 배우려면 6개월이 걸립니다. 최소 6개월요."

"헐."

사람만 사회성이 있는 게 아니다. 개들도 다른 개들, 또는 사람들과 어울리는 방식을 배워야 한다. 그런데 그런 공장에서 태어나는 아이들에게는 그럴 기회가 없다.

"태어나고 몇 주가 지나면 바로 판매소로 넘어갑니다. 6개월이 지나면 상당히 커지는데 그때는 인기가 없으니까요."

"뭐라고요?"

"가끔 이런 뉴스 있지 않습니까? 강아지가 아이를 공격했다는 거요. 원래 제대로 사회화된 강아지들은 안 그래요. 사회화된 강아지들에게 아기란 보호받아야 하는 존재거든요."

"아……."

"그런데 사회화되기도 전에 팔려 와서 키워지다가 난데없이 아이라는 존재가 나타나면 강아지의 입장에서는 아이는 그저 시끄럽고 주인의 관심을 빼앗아 가는 존재가 돼요. 그러니까 공격하죠. 그러다 보니 개랑 아이는 같이 키우면 안 된다는 소리를 듣게 되고 애가 생긴 집에서 강아지를 버려 유기견이 늘어나는 악순환이 반복되는 겁니다."

"허, 그런 건 몰랐습니다."

"누가 알려 주지도 않지요. 사실 해외에서는 개와 아이를 키우는 게 정서적으로 도움이 된다고 하지요. 해외에서 강아지를 고르는 기준은 사회성의 유무거든요, 우리나라처럼 작고 귀엽냐가 아니라."

노형진은 아무런 말도 할 수가 없었다. 그런 일이 벌어지고 있을 거라고는 생각도 못했던 것이다.

"하여간 그런 식으로 태어난 아이들이다 보니 정상적이지 않아요. 정신적으로도, 육체적으로도 말이지요."

노형진은 아무런 말도 하지 못했다.

"제가 드릴 수 있는 조언은 이 정도입니다. 뭐, 더 해 드리자면 애견 분양소에서 강아지를 데려오지 마세요. 대부분 그런 식으로 데려오는 아이들이니까요. 정상적인 아이를 원하시면 개인적인 거래를 통해서 집에서 낳은 아이들을 데리고 오세요. 가능하면 한 6개월 정도 지나서 사회성 훈련이 끝난 아이로요."

노형진은 고개를 끄덕거릴 수밖에 없었다.

"뭐라고요?"

노형진은 어이가 없어서 말할 수가 없었다.

"책임이 없다고요?"

"자기들에게는 책임이 없단다."

"허."

"배 째란다."

노형진은 어이가 없어졌다.

결국 노형진의 어머니는 우울증 치료를 받기 위해서 정신과에 다녀야 했다. 그 정도까지는 아니었지만 강아지가 죽은 것이 큰 충격을 준 것이다. 그런데 정작 애견 분양소에서는 모르는 일이라면서 배 째라는 식으로 나오고 있다는 것이다.

"하아, 그러니까 이 새끼들이 자기들이 팔아먹고 나 몰라라 한다는 거죠?"

"자기들이 알 수가 없다는 거지. 그러니까 책임지지 못하겠다는구나."

노형진은 진심으로 속에서 불이 활활 타오르는 기분이었

다. 지금까지 한 모든 일들은 노형진 본인의 일이 아닌 남의 일이었다. 그렇기 때문에 냉철하게 해결할 수 있었다. 하지만 이건 자신의 일, 그것도 어머니의 일이다.

"이 새끼들이 진짜."

애견 분양소에서 돈 벌려고 한 짓 때문에 어머니가 정신적인 충격을 받아서 정신과 치료까지 받게 되었는데 그렇게 나오다니.

"어쩌겠니, 방법이 없다는데."

"누가 그래요?"

"그쪽에서 그러던데? 자기들은 잘못이 없다고 법대로 하라고."

노형진은 피식 웃었다. 말도 안 되는 소리였기 때문이다.

물론 대부분은 그렇게 이야기한다. 자기가 책임지기 싫으니까.

하지만 노형진은 그렇게 생각하지 않았다.

"법대로라……. 배 쨌다라……."

속에서 끓어오르는 분노는 노형진을 진심으로 이빨을 빠드득 갈았다.

"원하는 대로 해 주죠."

"응?"

"법대로 배를 쨰 주겠습니다."

노형진은 다른 누군가가 아닌 가족을 위해 칼을 휘두르기로 결심했다.

노형진은 일단은 간단하게 가기로 했다.

이런 사건은 대부분 소송까지 가기 전에 끝난다. 그런 식으로 법대로 하라고 하는 녀석들의 대부분은 강자를 만나면 꼬리를 말기 때문이다. 노형진은 바로 내용증명을 보내며 그에 대한 응답을 하지 않는다면 소송으로 들어가겠다는 경고를 했다. 내용증명이란 법적인 사실을 고지하기 위해서 보내는 우편으로, 일종의 경고 같은 것이다.

아니나 다를까, 며칠 뒤 노형진의 사무실로 50대로 보이는 한 여자가 쭈뼛거리면서 들어왔다.

"누구십니까?"

"저기…… 이것 때문에 왔는데요."

쭈뼛거리면서 종이를 내미는 여자. 그건 다름 아닌 노형진이 보낸 내용증명이었다.

"아, 그거요. 보신 대로입니다."

"저기, 한 번만 봐주시면 안 될까요?"

"싫은데요?"

"받은 돈은 돌려 드릴게요."

"소송해서 압류하면 됩니다."

"그럼 다른 강아지도 같이 드릴게요."

"필요 없습니다. 어차피 또 금방 죽을 거 아닙니까? 가뜩이나 어머니가 상심이 큰데 또 상처를 주라고요?"

여자는 사색이 되었다. 설마 자신이 개를 판 그 사람이 노형진의 어머니일 거라고는 생각을 못했기 때문이다.

'망했다.'

내용증명을 받은 그녀는 주변에 노형진이라는 이름에 대해서 확인해 봤다. 그리고 노형진이라는 존재가 법조계에서는 유명한 것을 넘어서 상대방에게 공포에 가까운 존재라는 사실을 알고는 절망했다.

"제발 잘못했습니다. 한 번만 봐주세요."

법대로 하라고 하기는 했지만 진짜로 법대로 할 줄은 몰랐다. 보통은 법대로 하라고 하면 어쩔 수 없이 물러나기 때문이다.

"법대로 할 건데요?"

애석하게도 아직까지 애완견들의 진료는 보험 처리가 되지 않는다. 당연히 그 치료비가 엄청나게 든다. 진료비에 엑스레이에 검사비 그리고 사망 후 검시비와 장례비까지 노형진의 아버지가 쓴 돈은 못해도 200만 원이 넘었다.

"괜찮아요. 그냥 있으세요. 그냥 계시면 소송하고 소송비까지 착실하게 받아 낼 테니까."

노형진은 웃으면서 말했고 애견 센터의 주인은 말 그대로 똥줄이 탔다.

"제발 한 번만 봐주세요. 저도 그럴 줄은 몰랐습니다. 진짜입니다. 돈도 다 드리겠습니다."

노형진에게 걸린 이상 단순히 강아지값만 물어낼 수는 없다는 걸 알았기 때문에 주인은 말 그대로 손이 발이 되도록 빌 수밖에 없었다. 사실 그런 작은 애견 센터를 운영하면서 나오는 돈은 뻔하다. 그런 상황에서 노형진이 건 손해배상을 하고 나면 사실상 가게를 닫아야 한다.

"몰랐다는 게 말이 됩니까?"

"진짭니다. 그냥 싼 가격에 공급한다고 하기에…… 흑흑흑."

그는 눈물을 흘리면서 후회했지만 이제 와서 자신의 선택을 돌이킬 수는 없었다.

"잘못했습니다. 한 번만 봐주시면 다시는 안 그러겠습니다."

그 말에 노형진은 물끄러미 그를 바라보았다. 일단 혼내주기 위해서 소송한 것은 맞다. 그렇다고 해서 상대방의 인생을 완전히 망치고 싶은 생각은 없었다.

'보아하니 이 사람도 어느 정도는 속은 것 같기는 한데.'

흔하게 있는 일이다. 싼 가격에 공급해 준다고 해서 멋모르고 계약하는 경우 말이다.

'그렇다고 해도 그런 행동은 그냥 둘 수는 없지.'

속은 것은 불쌍하다. 하지만 그렇다고 해도 분명 손님이 자기들이 하는 가게로 인해서 피해를 입었는데 모른다고 배

째라는 행동에 대해서는 남을 탓할 수 있는 행동이 아니다.

"간단하게 가죠. 400만 원."

"네?"

"개의 구입 비용, 검사비와 기타 비용들입니다. 그리고 어머니의 진료비요."

"하지만 400만 원이면……."

"어차피 여기 카드 됩니다. 12개월 할부해 드리죠."

노형진으로서는 최대한 봐준 것이다. 그는 고개를 푹 숙였다.

"싫으면 법대로 하든가요."

"아닙니다."

400만 원을 12개월 할부로 한다면 한 달에 대략 34만 원 정도 된다. 그 정도면 못 낼 정도는 아니다. 물론 1년간 엄청나게 쪼들릴 테지만.

"단, 조건이 있습니다."

"네?"

사색이 되는 주인. 하지만 노형진이 요구한 조건은 어려운 것이 아니었다.

"강아지를 데리고 온 곳을 알려 주십시오."

"네?"

"당신이 책임질 게 아니라면 다른 누군가는 책임져야 할 것 아닙니까?"

물론 엄밀하게 말하면 개를 맨 처음 데리고 온 곳, 그러니까 개 공장은 아무런 배상 책임도 없다. 하지만 노형진은 그들을 그냥 둘 수가 없었다.

'이 이상의 피해자를 만들 수는 없다.'

어머니는 무척이나 놀랐고 또한 고통스러워하고 있다. 보통은 돈이 안 되면 일하지 않는 것이 보통이다. 하지만 마음을 줬던 애견이 죽고 나자 고통스러워하는 어머니를 보자 더 이상의 피해자를 만들고 싶지는 않았다.

'원래 마음의 상처가 더 오래가는 법인데.'

몸에 난 상처는 병원에서 치료할 수도 있고 시간이 지나면 자연적으로 치료된다. 하지만 마음의 상처는 아니다. 마음의 상처는 시간이 치료하는 것도 쉬운 일이 아니다. 더군다나 마음의 상처는 돈으로 해결할 수 있는 것이 아니다. 노형진도 회귀 전 마음의 상처로 얼마나 고생이 많았던가? 그날 이후로 욕심을 채우기 위해서 남의 마음에 상처를 주는 사람을 도무지 용서할 수가 없었다.

'더군다나 개라는 존재가 물건도 아니고.'

물론 법적으로 말하면 물건이 맞다. 하지만 애완견을 키운 사람들은 다르게 말한다, 개는 또 하나의 가족이라고. 가족이 아파서 죽는 것에 대한 고통은 상상 이상으로 크다. 누군가 단순히 돈 몇만 원 더 버는 것의 문제가 아닌 것이다.

"제 조건을 받아들이시든가, 아니면 끝까지 법대로 하시든가 결정하시면 됩니다."

노형진은 선택하라고 하지만 사실 선택할 수 있는 선택지
는 하나뿐이었다.

⚖

"목화애견센터요?"
우리나라에는 수많은 단체가 있다. 그리고 그런 단체들은
각각의 목적이 있다. 노형진은 그중 한 곳을 찾았다. 평소 동
물 보호를 목적으로 움직이는 곳이니 본인이 원하는 정보를
가지고 있을 거라 생각해서였다.
아니나 다를까, 이름을 듣자마자 얼굴부터 찌푸리는 사람들.
"알죠."
"유명하다면 유명한 곳이죠."
노형진의 말에 애견 쪽을 담당하는 최종성의 얼굴은 절로
찡그려졌다.
"우리도 어떻게 해서든 방법을 써 보려고 노력 중이지만
도무지 방법이 없는 곳 중 한 곳이라서요."
"방법이 없다고요?"
"네, 그곳을 운영하는 녀석이 말이 안 통합니다."
성웅동물보호협회는 명목상의 단체가 아니다. 세계적인
다른 동물보호협회와 함께 움직이는 그런 단체였다. 그러다
보니 여러 가지 접수가 들어오는 편이었는데 그중에서도 특

히 목화애견센터라는 그곳의 이야기가 30% 이상이 될 정도로 심각했다.

"말이 애견 센터지, 공장입니다."

'공장.'

두 번째로 듣는 이야기다. 노형진은 공장이라는 말을 이해할 수가 없었다. 솔직히 무슨 무생물이나 공산품도 아니고 멀쩡히 살아 있는 개들이다. 그들을 어떻게 공장이라는 형태로 운영하는지 도무지 이해할 수가 없었던 것이다.

"이해가 안 가시나 봅니다?"

"솔직히 이해가 간다고 하면 그게 이상한 거죠."

"사진이 있습니다만 그다지 보기 좋지 않을 텐데요?"

"일단은 보고 싶군요."

"그런데 왜 그러시는지?"

"어머니가 거기서 온 강아지를 키우다가 죽는 바람에 상심이 크십니다. 이런 일을 다시 벌어지는 것을 막기 위해서라도 손을 좀 쓰고 싶어서요."

최종성은 고개를 끄덕거렸다.

"그런 불만을 접수하는 게 한두 번이 아닙니다. 아마 수의사들 사이에서도 유명할걸요?"

노형진은 고개를 끄덕거렸다.

"일단 비위가 강하시기를 바랍니다."

"강한 편이니까 걱정하지 마십시오."

노형진의 말에 그는 안쪽으로 들어오더니 제법 두툼한 사진첩을 가지고 왔다. 그걸 본 노형진은 고개를 갸웃했다. 내부에서 찍는 걸 그냥 뒀을 리 없는데 엄청난 두께를 자랑하는 사진들이라니.

　　"단순히 찍은 게 아닌가 봅니다?"

　　최종성은 어깨를 으쓱했다.

　　"그곳에 일하던 사람이 찍어 온 겁니다."

　　"네? 일하던 사람요? 사람을 넣으신 겁니까?"

　　"그럴 리가요. 우리가 무슨 첩보 기관도 아니고 스파이까지 심겠습니까? 진짜로 그 안에 일하던 사람들이 찍어 온 겁니다."

　　노형진은 살짝 놀랐다. 보통 그쪽 업계에 있는 사람들은 개들이란 도구로 본다. 즉, 개의 상태에 관해서 그다지 관심이 없다. 도구가 아니라 생명체로 보는 순간 양심에 찔려서 일을 못하기 때문이다. 그런데 그런 사람들조차 스스로 사진을 찍어 올 정도면 아주 심각한 문제라고 할 수 있다.

　　"거기서 일하는 놈들은 그래서 죄다 정신병잡니다."

　　"정신병자요?"

　　"인간이 할 수 있는 짓거리가 아니에요, 그건."

　　노형진에게 사진첩을 주는 최종성. 노형진은 그걸 열어 보고는 자신도 모르게 눈을 찌푸렸다.

　　"뭡니까, 이게?"

"보다시피."

진짜 개 한 마리가 간신히 들어가서 앉아 있을 만한 작은 공간과 그 안에 들어 있는 개들. 돌아다니기는커녕 몸을 펼 수도 없는 작은 그물망으로 된 상자.

"'뜬장'이라고 합니다."

"뜬장?"

"보다시피 허공에 떠 있어서 '뜬장'이라고 부릅니다."

가로로 걸려 있는 쇠기둥으로 고정되어 있는 금속망 안에는 무슨 종인지 알 수 없는 개들이 잔뜩 움츠러들어 있었다.

알아볼 수 없는 이유는 간단했다. 너무 더러워서였다. 한 번도 씻어 보지 못한 개들이 제대로 움직이지도 못한 채로 그 그물망 안에 가득했다.

"이 뜬장이라는 놈은 고약한 놈입니다. 보다시피 바닥이 그물로 되어 있습니다. 변이나 오줌을 누면 아래로 자동으로 떨어집니다. 그런데 말입니다, 개는 그런 곳에 살도록 되어 있는 짐승이 아닙니다. 인간으로 생각해 보세요. 그물망 위에 평생을 살면 얼마나 스트레스를 받겠습니까? 개들은 본능적으로 빠지지 않기 위해서 발가락을 쫙 벌리고 버티거든요. 그러다 보니 스트레스가 엄청납니다."

"으으으……."

사실 그건 노형진이 알 수 없는 부분이었다. 그 개들의 발을 클로즈업해서 찍은 것도 아니고 말이다.

문제는 그 아래였다.

"이거, 똥입니까?"

"네, 정확하게는 분뇨라고 하죠."

그 뜬장이라고 불리는 곳 아래에 엄청나게 쌓여 있는 똥더미들. 그곳은 엄청난 파리들과 구더기들이 가득했다. 즉, 평소에 치우지 않는다는 것을 뜻한다. 더군다나 그 뜬장이라는 것도 개털이 잔뜩 붙어 있었고 여기저기 피로 보이는 것도 잔뜩 묻어 있었다.

"도대체 이런 상황에서 어떻게 짐승을 키우는 겁니까?"

"내 말이요. 솔직히 이 정도 공간이면 좁기는 하지만 개들을 풀어서 키울 수 있습니다."

넓은 마당이 있었는데 그 주변으로 쫘악 뜬장으로 된 벽이 둘러 있었다.

"작은 아파트나 원룸에서도 사람이 정만 주면 적응하는 게 개들입니다. 그런데 이러는 건 하나죠. 관리가 편하거든요."

풀어서 키우면 여기저기에 똥을 싼다. 싸우기도 하고 다치기도 한다. 그런데 이렇게 하면 그럴 이유가 없다. 똥도 그냥 심하다 싶으면 한번 걷어 내면 그만이다. 그마저도 1년에 한두 번 정도.

'이러니 개가 정상으로 태어나지 못하지.'

이런 상황에서는 누군들 정상으로 태어나겠는가?

"보다시피 이런 상황에서 개들은 끊임없이 생산됩니다.

출산이 끝나자마자 발정제를 맞고 낳고 또 낳는 거죠."

"도대체가 제정신으로 할 짓입니까?"

"하죠. 돈만 준다면야 뭔들 못하겠습니까?"

최종성은 어깨를 으쓱했다.

"돈만 주면 자기 부모도 죽이는 게 사람입니다."

"염세주의자시군요."

"이 일 하면서 염세주의자가 안 되면 그게 이상한 거죠."

노형진은 고개를 끄덕거렸다.

수많은 변호사들이 시작하면서 꿈을 가진다. 보통은 정의를 지키고 약자를 보호하는 것을 꿈꾼다. 하지만 채 2년도 못 가서 사람이 변한다. 그럴 수밖에 없다. 만나는 게 죄다 강간범이니 강도범이니 사기꾼이니 하는 범죄자들뿐이고 정작 진짜 약자들은 돈이 없어서 일을 못 맡기기 때문이다.

결과적으로 염세주의자가 돼서 세상이 썩었는데 나도 좀 썩으면 어떠냐는 식으로 변하게 되어 결국 점점 믿을 만한 변호사를 찾기 힘들어진다. 그래서 변호사들이 그렇게 욕먹게 되는 것이다.

"충분히 이해합니다."

노형진은 더 이상 보지 못하고 그걸 덮었다.

"이걸 그냥 정부에서는 그냥 둡니까?"

"어쩔 수가 없습니다. 아직은 관련 법이 없거든요."

"없어요?"

"네, 개는 식용동물에 들어가지 않아서요. 웃긴 일이지만."

짐승을 키우는 규제가 있기는 하다. 하지만 이런 개는 그런 대상에서 빠진 상황이란다. 동물이라는 것이 각 개체마다 생활환경이 다르다 보니 법적으로 따로 구분하는 수밖에 없다. 그래서 소와 돼지, 닭을 각각 어떤 환경에서 키우라고 구체적으로 명시되어 있다.

"시도도 안 해 봤습니까?"

"안 해 봤겠습니까?"

그래도 상당한 규모를 자랑하는 동물 보호 단체이니까 당연히 로비와 제대로 일하는 일부 국회의원들의 도움을 받아서 법안을 발의했다. 하지만 결과는?

"아시죠?"

말은 안 하지만 노형진은 알 수 있었다. 서로 싸우느라고 당장 사람에게 필요한 법도 통과시키지 않는 마당인데 짐승에 관련된 것은 당연히 후 순위로 밀릴 수밖에.

"결국 몇 년째 답보 상태예요."

"흠⋯⋯."

노형진은 조용히 사진첩을 바라보았다.

"아무런 방법이 없나요?"

"법적으로는 말이죠."

개들을 구하고 싶지만 한두 마리도 아니고 수천 마리다. 거기에다가 구한다고 한들 그들을 다 먹여 살릴 수도 없는 노릇이다.

"그리고 법적으로 저 개들에게는 주인이 있는 겁니다. 현행법상 주인이 거부하면 아무런 방법도 없습니다."

어깨를 으쓱하는 최종성. 노형진은 미소를 지었다.

"법적으로라고 하셨습니까?"

"네."

"그래요? 하지만 전 방법이 보이는데요?"

"네? 아니, 어떻게요?"

"전 변호사니까요."

노형진은 사진첩을 탁 소리 나게 덮었다.

"그 일, 제가 해결하겠습니다."

짬 킹

"우욱."

이은영 변호사는 풍겨 오는 냄새에 몸서리를 쳤다.

"이런 곳에서 키운다고요?"

"네, 그냥 뒤에 계시죠?"

"아뇨, 전 끝까지 하겠습니다."

숨을 꾹 참으면서 고개를 도리도리 흔드는 이은영 변호사.

알고 보니 이은영 변호사는 애견가였다. 집에서 가족들이 키우는 강아지만 여섯 마리나 된단다. 그래서 노형진이 개인적인 사건의 해결을 위해서 잠시 휴가를 낸다고 하자, 사건에 대해 듣고는 분기탱천해서 함께 해결하겠다고 휴가를 내고 달려온 것이다.

"심하네요, 이런 곳은……."

"애견 센터에서 데려오신 게 아닌가 봐요?"

"아, 우리 집은 다 개인 분양이에요."

"다행입니다."

노형진은 고개를 돌려서 더러운 입구를 바라보았다.

도대체 얼마나 많은 사람들이 여기서 나간 불쌍한 아이들의 죽음을 봤으며 그로 인해 얼마나 많은 상처를 입었는지 알 수가 없는 지경이었다.

"그런데 방법이 진짜 있습니까?"

"뭐, 정공법으로는 없지요."

"정공법으로는 없다고요?"

"네, 하지만 변호사라는 직업이 원래 방법을 찾는 직업 아닙니까?"

"그렇기는 하지만 다른 전문가들도 방법을 못 찾던데요?"

"그쪽은 애견이고 이쪽은 법 문제죠."

노형진은 텔레비전을 잘 안 본다. 볼 시간이 없다고 표현하는 게 맞을 것이다. 그래서 잘 몰랐는데 알고 보니 이런 상황은 방송이나 인터넷을 통해 여러 번 알려졌다고 한다. 하지만 법적으로는 방법이 없다는 사실 때문에 그저 손놓고 있을 뿐이었다.

"일단은 오자고 하셔서 왔지만 기대는 안 하시는 게 좋을 겁니다."

최종성은 걱정스럽게 말했다. 몇 번이나 찾아갔지만 그들은 전혀 바뀌는 게 없었다.

"일단 경고는 해 줘야지요."

"해결이 아니라고?"

"네."

노형진이 여기에 온 이유는 경고하기 위함이었다.

"일단 두고 보시면 압니다."

노형진이 입구로 다가갈 때였다. 갑자기 입구가 먼저 열리면서 더러운 복장을 한 한 무리의 남자들이 몽둥이와 기타 흉기를 들고 나타났다.

"뭐야, 이 새끼들은?"

노형진은 그들을 흘깃 바라보고는 최종성을 바라보았다. 최종성은 그들을 보고는 노형진에게 다가와서 귓속말로 작게 중얼거렸다.

"가운데에 있는 사람들이 주인입니다."

노형진은 고개를 끄덕거렸다. 그리고 손을 앞으로 내밀면서 인사를 건넸다.

"반갑습니다. 전……."

부다다다다.

하지만 그 주인이라는 남자는 대답하는 대신에 손에 들려 있는 전기톱에 시동을 걸었다.

"뭐라고? 전기톱 소리 때문에 시끄러워서 안 들리네!"

"낄낄낄."

가만히 있다가 전기톱을 켠다는 건 한 가지 이유밖에 없다.

"협박하시는 겁니까?"

"뭐라고? 이게 오래된 전기톱이라 시끄러워서 말이지. 안 들려. 버리고 싶은데 그래도 아직은 잘 들어서 말이지."

"전기톱 끄십시오."

"내가 내 전기톱으로 일하겠다는데 네가 무슨 상관이야?"

"협박으로 고발할까요?"

"해 보셔. 난 일하는데 네가 방해한 거니까 업무방해로 고발하면 되지."

"크하하하."

"낄낄낄."

뒤에서 노형진은 비웃는 작자들. 노형진은 얼굴을 찌푸렸다. 그런 노형진에게 최종성이 다가왔다.

"말씀드렸잖습니까, 말이 안 통한다고?"

"그런 것 같군요."

노형진 일행이 오는 걸 알았다는 것은 어딘가에 카메라가 달려 있다는 뜻이다. 그리고 다른 사람들을 한꺼번에 몰고 와서 전기톱까지 켜 가면서 빈정댄다는 것은 아예 말할 의사 자체가 없다는 뜻이다.

"그만 가 보겠습니다."

"어여 가. 내 멀리 안 나가네."

"크하하, 꼬랑지 말고 도망가는 거 보소."

"저 새끼들이 다 그렇지."

노형진이 물러나자 빈정대는 인간들.

노형진은 멀리 떨어진 곳에서 그곳을 노려보았다.

"말씀드렸잖습니까? 제대로 된 인간이 아닙니다."

"그런 것 같군요."

"듣기로는 제법 왈패였다고 합니다. 빵에도 몇 번 갔다 왔다고 하더군요."

"그럼 저 종업원들은?"

"뭐, 거기서 만나는 놈들이거나 그렇겠지요."

노형진은 고개를 갸웃했다.

'아닌 것 같은데?'

범죄는 개인의 성향이지만 이런 악취 나는 곳에서 적응하는 것은 쉬운 일이 아니다. 범죄자들은 심성이 잘못된 거지, 위생 관념이 잘못된 게 아니니까.

"응?"

노형진이 멀리 떨어진 곳에서 이야기하고 있는데 그곳에서 차가 한 대 나오는 것이 보였다. 노형진은 그걸 보고 고개를 갸웃했다. 제법 커다란 개들이 실려 있었기 때문이다.

"저런 성견들이 있던가요?"

실려 나오는 개들은 아무리 봐도 어린 개들이 아니었다. 더군다나 저 차량들은 강아지를 분양장에 보내는 것도 아니고 말이다.

그걸 본 최종성은 씁쓸한 듯 입맛을 다셨다.

"처분되는 겁니다."

"처분요?"

"더 이상 새끼를 낳지 못하게 된 노견이나 팔리지 않고 반품된 새끼들 그리고 병들어서 치료비가 더 나오는 폐견들."

"그걸 처분한다고요?"

이은영 변호사는 놀라서 물었다. 보통 처분이라는 게 뜻하는 건 하나뿐이기 때문이다.

"네."

"아니, 어떻게요?"

최종성은 씁쓸한 얼굴이 되었다.

"저 녀석, 시내에 제법 큰 보신탕집을 하고 있습니다. 인기가 좋지요."

"하?"

"네?"

노형진뿐만 아니라 이은영 변호사도 놀랄 수밖에 없었다.

"그런 개들을 보신탕으로 팝니다. 그래야 수지타산이 맞으니까요."

"무슨 말도 안 되는……."

"말이 안 되지만 그게 현실입니다."

노형진은 말이 없었고 이은영 변호사는 경악을 금치 못했다.

이것이 법이다.

물론 개고기를 먹는 건 탓할 것이 아니다. 다른 사람들이 소나 돼지도 먹으니까. 하지만 그 전까지는 최소한의 삶을 보장해 줘야 하는 것이 정상이다.

"결국 이런 거죠, 법이란."

최종성은 그렇게 말하면서 어깨를 으쓱했다.

"법은 그럴지 몰라도 저는 아닙니다."

노형진은 마음을 단단히 먹으면서 언덕 위에 있는 애견 번식소, 아니 공장을 바라보았다.

"제 변호사로서의 이름을 걸고 저곳은 꼭 폐쇄시킬 겁니다."

⚖️

"일단은 저곳의 피부터 말리죠."

"하지만 어떻게 말입니까?"

노형진의 말에 최종성은 고개를 갸웃했다. 아무리 노력해도 날리지 못한 곳이 그곳이다. 법적으로 아무런 문제도 없기 때문이다.

아니, 정확하게는 법적으로 규율된 것이 없어서 그걸 처리할 수가 없었다. 대한민국은 성문법 주의, 그러니까 법적으로 정의되지 않으면 어떠한 짓을 해도 처벌하지 못한다.

"원래 말입니다, 이런 곳은 다 약점이 있기 마련입니다. 사람들은 그걸 모를 뿐이지요."

"약점요?"

"네."

노형진은 미소를 지으면서 한 곳을 가리켰다.

"일단은 이곳부터 시작합시다."

노형진의 말에 그 지도를 본 사람들은 고개를 갸웃했다.

"노 변호사님, 아무것도 없는데요?"

"없다고 존재하지 않는 건 아닙니다. 후후후."

⚖

"이런 게 있었습니까?"

노형진과 함께 간 곳. 그곳은 산속에 있는 군부대였다.

"지도에는 아무것도 없었는데요?"

"원래 군대는 보안상 지도에 표기하지 않습니다."

"그래요?"

"네."

"그런데 여기는 왜 오신 거죠?"

"일단은 말려 죽일까 해서요."

"말려 죽이다니요?"

"저런 녀석이 제대로 된 밥을 줄 리 없지 않습니까?"

최종성은 고개를 갸웃했다. 이해할 수가 없는 말이었기 때문이다.

이것이 법이다

"그게 무슨 말인지?"

"짬 타이거라는 말, 아십니까?"

"그게 뭡니까?"

"뭐, 쉽게 말해서 군대에서 먹고 남은 찌꺼기를 짬이라고 합니다. 그걸 얻어먹고 자란 고양이가 커져서 호랑이만큼 커진다고 하죠. 그걸 보통 짬 타이거라고 합니다."

"그래서요?"

"사진을 보니 음식물 쓰레기를 주더군요."

최종성은 고개를 끄덕거렸다. 신고된 내용에 따르면 제대로 된 사료가 아닌 어디선가 가지고 온 음식물 쓰레기를 주고 있다고 했다.

"그런데 말입니다, 그렇게 많은 음식물 쓰레기가 어디서 나올까요?"

"네?"

"한두 마리도 아니고 수백 마리입니다. 그걸 매일같이 먹일 수 있는 음식물 쓰레기가 어디서 나오겠습니까?"

"......?"

고개를 갸웃하던 최종성은 무슨 뜻인지 알아차렸다.

"군대!"

"맞습니다. 군대죠."

"네?"

이은영 변호사는 이해하지 못한다는 얼굴이었다. 하긴 그녀는 군대라는 조직 내부를 모르기 때문에 당장 이해하지는 못했을 것이다. 하지만 남자라면 다들 아는 내용.

"하하하, 전 공익이라서……. 하여간 알 것 같네요."

군대에서 음식은 재활용할 수 없다. 그리고 먹고 남은 음식물 찌꺼기 역시 처리하는 것도 일이다. 문제는 한두 명도 아니고 수천 명이 만드는 음식물 쓰레기의 양은 상상 이상이라는 것. 그러다 보니 그걸 처리할 비용도 장난이 아니다.

"군대의 입장에서는 좋은 선택이죠."

그래서 처리하는 방식은 다름 아닌 짬 아저씨라 불리는 존재. 쉽게 말해서 주변에서 농장을 하는 사람들이었다. 그들은 그 음식물 쓰레기를 가지고 가서 돼지와 같은 가축의 사료로 쓴다. 군대의 입장에서는 음식물 쓰레기를 주는 조건으로 돈을 받아서 좋고, 농장주의 입장에서는 사료비보다 훨씬 싼 가격에 먹을 걸 해결할 수 있어서 좋다.

"그런데 이 주변에 돼지 농장은 없더군요."

"그래요?"

"네, 알아봤습니다. 없더군요. 음식물 쓰레기는 쉽게 상합니다. 당연히 어느 정도 거리 이상은 못 갑니다. 겨울은 그나마 괜찮지만 여름에는 심각하죠."

그러다 보니 아무래도 처리하는 것은 주변 정도다. 멀리서 해결하는 곳은 없다.

"그럼?"

"네, 그곳일 겁니다."

노형진이 확인한 바로는 이 근처에 돼지 농장은 없다. 소를 키우는 곳은 있어도 말이다. 그렇다면 그 짬은 어디에 처리할까? 일단 소는 아니다. 소는 초식동물이다. 거기에다 소가 먹기에 짬은 염분이 너무 많다.

"결국은 이곳뿐이죠."

가장 가까이에 있으며 잡식성의 짐승을 키우는 곳. 애견 공장.

"그게 무슨 소용이 있죠?"

이은영은 고개를 갸웃했다. 이해하지 못했던 것이다. 하지만 노형진이 봤을 때는 가장 효과적인 방법 중 하나였다.

"결국 돈을 벌기 위해서입니다. 그리고 그 녀석이 싼 가격에 새끼를 공급할 수 있는 건 모견을 싼 가격에 키울 수 있기 때문입니다. 쉽게 말해서 원가가 거의 안 들어간다는 거지요."

"아!"

짬을 구하지 못하면 결국 그는 개를 먹이기 위해서 사료를 사야 한다. 그것은 싼 가격에 분양할 수 없게 된다는 뜻이니 결과적으로 비싸고 하자 많은 상품을 분양하게 된다.

"그런 쪽으로는 생각도 못했습니다."

"원래 사람은 자기가 아는 쪽으로만 보이는 법이니까요."

과연 법적으로 일하는 사람 중에서 군대에서 짬밥 먹어 가면서 굴러 본 사람이 얼마나 되겠는가? 설사 갔다 왔다고 해도 개구리, 올챙이 적 잊는다고 그걸 다 잊어버리는 게 인간이다.

"그럼 이제 조금씩 피를 말려 볼까요?"

⚖️

"그런 걸 왜 당신들이 신경 쓰는 겁니까?"

부대의 장군은 얼굴을 찌푸렸다.

"인간적으로 해서는 안 되는 짓을 하는 곳입니다."

"그건 내 알 바 아니지요."

위병소에 요청해서 만난 장군은 고개를 뻣뻣하게 들고 들은 척도 하지 않았다.

'이럴 줄 알았다.'

최종성은 이번이 기회라는 사실을 알고는 어떻게 해서든 설득하려고 했다. 하지만 상대방은 요지부동이었다. 사실 그럴 수밖에 없다. 결국 돈 문제이기 때문이다.

'원래 이런 거지.'

원래는 부대 운영비에는 그럼 음식물 쓰레기 처리 비용이 나온다. 하지만 짬 아저씨를 쓰면 그 비용이 안 든다. 더군다나 그런 음식물 쓰레기를 가지고 가는 조건으로 대신에 돈을 준다. 양쪽에서 돈이 들어오는데 그걸 포기해야 하니 당연히 거부할 수밖에.

'군대라는 조직의 한계지.'

대상이 사람이 아니라 도구로만 보이는 곳. 그곳이 군대니까.

"좋습니다."

노형진은 한창 설득하는 최종성을 말렸다. 저런 인간은 어차피 말해 봐야 아무런 소용도 없다.

"그럼 전 이만 가 봐야겠네요."

"야! 당번! 손님 가신단다."

"네."

그 말에 잽싸게 뛰어들어 오는 당번병. 당번병이란 군대에서 비서 같은 일을 하는 사람을 뜻한다. 물론 보통 병사다.

노형진은 그렇게 나가면서 몸을 돌려서 그를 바라보면서 말을 건넸다.

"그럼 감사 준비 잘하시기 바랍니다."

"감사?"

"말씀 안 드렸나요? 그거 분명 업무상 횡령일 텐데요? 그러면 당연히 감사받으셔야지요. 얼마나 나올지 모르겠네요."

"뭐라고?"

그 말을 들은 장군은 등골이 오싹해졌다. 해 먹은 게 한두 개가 아니다 보니 아차 싶었던 것이다.

그러고 보니 얼마 전에 있던 피바람이 생각이 났다. 수많은 장군들과 장교들이 국정원에 끌려가서 취조받고 몇몇은 옷을 벗어야 했다. 그때 그 일을 주도한 변호사의 이름이…….

'이런 씨발…….'

그는 자신의 책상 위에 있는 명함을 바라보았다. 아까 그 변호사가 준 명함이었다. 거기에 쓰여 있는 이름, 노형진.

'이런 씨바…… 좆 됐다.'

그는 아차 싶었다. 원하면 그는 자신을 날릴 수 있다. 대룡이 군수산업에 끼어들었다는 것은 누구나 다 아는 사실이니 그 정도 규모의 거래면 장군 하나쯤 날려 버리는 것은 일도 아닐 것이다. 그것도 고작 1성이라면 말이다.

'젠장, 제대로 똥 밟았다.'

지난번 사건 이후 돈을 빼돌릴 만한 곳이 그다지 많지 않았다. 그 난리가 난 후 국방부에서는 군내 비리 척결을 외치면서 모든 것을 투명하게 하기 시작했기 때문에 전처럼 뇌물을 받는 게 불가능해진 것이다. 그래서 소일거리 삼아서 한 것이 바로 그것인데 그것마저 문제가 생긴 것이다.

"잠시만요!"

그는 벌떡 일어났다.

"저기, 잠시 오해가 있었던 것 같은데 다시 한 번 이야기해 보시죠."

"이야기할 것이나 있습니까? 규정대로 하면 그만인데요."

"변호사님, 그게 아니라……."

그는 당번병에게 격하게 눈짓했다. 그러자 당번병은 슬쩍 눈치를 보더니 바깥으로 나갔다.

"자자, 차 한잔하시면서 조용히 이야기를 나누죠."

노형진은 미소를 지으면서 자리에 앉았다.

"그럴까요?"

⚖️

"한 곳은 끝났군요."

결국 장군은 두 손 두 발 다 들었다.

그럴 수밖에 없었다. 요즘은 사회단체에서 비리라는 것을 알면 배임이 아닌 국가보안법 위반으로 고발하기 때문이다. 설사 국가보안법 위반으로 걸리지 않는다 하더라도 당장 기록에는 국정원의 조사를 받은 기록이 남는데 군 생활에서 국정원 조사 기록은 치명적이라 항복할 수밖에 없었다.

"한 곳이 끝났다고요?"

최종성은 고개를 갸웃했다. 한 곳이 끝났다는 것은 다른 곳이 남아 있다는 뜻이다.

"네, 군대에서 아무리 짬이 많이 나온다고 해도 한 곳에서 부족할 수밖에 없죠. 결과적으로 다른 곳에서도 짬, 그러니까 음식물 쓰레기를 받는다는 거죠."

"음……."

노형진의 말에 고개를 갸웃하는 이은영 변호사.

"다른 곳요? 다른 곳에서 이렇게 나오는 곳이 있어요?"

"그럼요. 있습니다."

노형진은 고개를 돌려서 도심 쪽을 바라보았다.

"그리고 그쪽도 정리해야겠지요. 후후후."

⚖️

"우리가 왜?"

"난 모를 일이야."

"아니, 당신들이 돈 내줄 것도 아닌데 무슨 상관이야?"

다른 곳. 그곳은 다름 아닌 식당들이었다. 수만 명이 있는 부대 앞이니 당연히 일종의 상업 지구가 생긴다. 장교들이나 외박 나온 병사들, 아니면 면회하러 온 가족들이 쓰는 돈이 적지 않기 때문이다. 그러다 보니 상당한 식당가가 생기기 마련이었다.

물론 그 과정에서 생기는 음식물 쓰레기는 상당하다. 사실 다른 지역에 비해 더 많다. 자식에게 하나라도 더 사 먹이려고 하다 보니 이것저것 많이 시키게 된 것이다. 그만큼 음식물 쓰레기도 많고 말이다.

'그 정도면 수천 마리를 키울 만하지.'

노형진은 그 사실을 확인하고는 그들의 피를 말리기 위해 미리 움직이기 시작한 것이다.

"됐어. 돈을 줄 것도 아니고."

"장사도 안 되는데. 별 거지 같은 녀석이."

몇몇은 툴툴거리면서 문을 닫았고 몇몇은 욕을 했으며 몇몇은 노형진 일행에게 소금을 뿌리기도 했다. 노형진은 그런 소금을 맞으면서 얼굴을 찌푸렸다.

"이거 참."

"이거 어쩌죠?"

이은영 변호사는 곤란한 얼굴이 되었다. 그 장군이야 자신들에게 약점이 잡혀 있으니까 어쩔 수 없이 거절했고, 솔직히 그가 짬을 안 준다고 해도 손해 볼 건 없다. 그동안 빼돌린 돈이 없어지기는 하지만 그다지 많은 돈이 아니었으니 차라리 정식으로 처리하고 자신의 자리를 지키는 것이 훨씬 남는 장사다.

"그만두쇼. 고작 개새끼 몇 마리 때문에 그런다고 세상이 바뀌지는 않을 테니까."

상인회 회장이라는 사람은 비웃음으로 노형진 일행을 쫓아냈다.

"후우, 이건 도무지 방법이 없군요."

최종성은 얼굴을 찌푸렸다. 군대와는 다르게 무슨 대책이 있는 것도 아니고 철저하게 이익을 위해서 움직이는 상인들이다. 당연히 그들이 노형진의 말을 들을 이유가 없다.

"노 변호사님, 역시 예상하신 거죠?"

이은영 변호사는 소금을 털어 내다가 무표정하게 있는 노형진을 보면서 피식 웃었다. 화내지 않고 당연하다는 듯 소금을 맞았다는 건 그렇게 될 거라는 것을 알고 있었다는 뜻이다. 예상하지 못했다면 그렇게 담담하게 있지는 못했을 것이다.

"뭐, 예상이 아니라 당연한 거 아닌가요?"

"네?"

"말씀드린 대롭니다. 저도 말하러 왔지만 애초에 기대도 안 했습니다. 바보가 아닌 이상에야 그 조건을 받아들일 사람은 없으니까요."

노형진이 생각해도 정상적인 사람이라면 자신의 부탁을 들어줄 리 없다. 당장 그렇게 되면 상당한 음식물 쓰레기 처리 비용을 내야 하는 데다가 음식물 쓰레기값을 못 받게 되니 상인의 입장에서는 이중으로 피해를 입는 것이니 말이다.

"그럼 어쩌죠? 이대로는 우리 계획이 이루어지지 않을 것 같은데요."

"압니다."

그렇게 말한 노형진은 건물을 바라보았다. 그리고 히죽 웃었다.

"그럼 갑질 한번 해 볼까요?"

"네?"

노형진은 웃으면서 다른 건물로 다가갔다.

"어? 노 변호사님, 거기에 왜 가세요?"

"왜냐니요?"

"아니, 거기는 전혀 상관없는 가게 같은데요?"

"아니요. 지금부터 상관있게 될 겁니다. 아주 많이요."

"……?"

노형진의 말에 최종성과 이은영 변호사는 고개를 갸웃했다.

노형진은 가게로 가면서 어디론가 전화했다.

"아, 장군님, 접니다."

그 말이 두 사람은 이해가 가지 않을 뿐이었다.

⚖

며칠 뒤, 상인회는 난리가 났다. 갑자기 군대에서 외출 외박 금지라는 명령이 떨어졌기 때문이다.

무엇 때문에 그런 것인지 알 수는 없지만 당분간 외출과 외박을 하지 못한다는 것은 반대로 말하면 그 기간 동안 돈을 벌지 못한다는 뜻이 된다. 물론 언젠가는 그게 풀릴 테니 그때까지 버틸 수는 있다. 그게 1년이나 2년이 될 수는 없으니까. 하지만 그렇다고 해도 대부분 세를 얻어서 하고 있는 상인들로서는 타격이 클 수밖에 없다.

하지만 사실 그게 문제가 아니었다.

"아니, 이게 무슨 개소리야!"

"장난해!"

"장난이 아닙니다. 벌써 그런 가게가 열두 곳이나 생겼어요."

"이런 미친!"

지역에는 당연히 비어 있는 건물이 있다. 그런데 얼마 전부터 그런 비어 있는 건물에 커다란 천이 입구를 가렸다. 그리고 그 천에는 여러 가지 체인점들이 입점한다는 내용이 인쇄되어 있었다.

"이대로 두면 안 됩니다!"

"하지만 무슨 수로요?"

"쫓아내요!"

"방법이 없잖습니까!"

상인회는 너도나도 싸우고 있었다. 하지만 뾰족한 방법이 없었다.

"도대체 누구랍니까? 누가 이런 짓을 하는 거예요?"

그 말에 모두의 시선이 한쪽으로 향했다. 그러자 그의 목이 슬며시 움츠러들었다.

"서 씨! 말 좀 해 봐!"

"맞아! 자네가 한 짓이잖아!"

"아니, 내가 한 짓이라기보다는······."

"그럼 서 씨가 한 짓이 아니라고."

"나한테 뭐라고 할 건 아니잖아. 부동산 업자가 중계해 주는 게 뭐가 잘못이라고."

서 씨는 이 지역의 부동산 업자다. 그래서 얼마 전에 큰 손님이 들어와서 빈 건물들을 소개시켜 줬을 뿐이다.

"그 인간이 가게를 열 거라는 걸 몰랐던 건 아니잖아!"

"그렇다고 그걸 거절하면 나보고 어쩌라고. 굶어 죽으라고?"

"어떤 가게인지 확인은 했어야지!"

"내가 이럴 줄 알았나?"

서 씨가 소개시켜 준 가게들은 하나같이 체인점이었다. 그리고 그걸 본 상인들은 똥줄이 타기 시작했다. 그럴 수밖에 없었다. 군인들에게는 이수 지역이라는 곳이 있다. 외박이나 외출 면박, 즉 면회 시 외박의 경우 일정 지역을 벗어날 수가 없다. 그리고 그걸 알기에 여기 있는 상인들은 대부분 터무니없는 가격과 싸구려 재료를 쓴다. 다른 곳에 가지 못한다는 것을 알기 때문이다.

"죄다 체인점이잖아!"

"어쩔 거야!"

"나야 모르지. 난 이럴 줄 몰랐다니까."

문제는 체인점이다. 체인점의 경우 전국적으로 동일한 가격을 받는다. 당연히 재료도 동일하게 공급받는다. 누가 봐도 이곳 상인들이 제공하는 것보다 훨씬 싸고 재료의 질도 좋다. 게다가 그들의 음식보다 훨씬 맛있다. 어차피 여기가 아니면 못 먹는 걸 알기 때문에 이쪽 사람들은 맛에 신경을 쓰지 않지만 체인점은 그 맛의 균등함을 중요하게 여기니까.

"그곳이 열리면 우리한테 무슨 일이 벌어질지 알고 소개시켜 준 거냐고!"

"나는 몰랐다니까!"

그런 체인점이 무려 열두 곳이다. 상식적으로 사람들이 비싸고 맛없는 동네 가게에 가겠는가, 아니면 싸고 맛있는 체인점에 가겠는가?

"망할."

그때 마침 문이 열리면서 누군가 들어왔다. 그리고 모두가 그에게 향했다. 부대장을 만나러 간 상인회장이었다.

"뭐래? 갑자기 왜 그런 거래?"

"몰라! 만나지도 못했어!"

짜증스럽게 들어오는 상인회장. 그는 들어오자마자 답답한 듯 비치된 정수기에서 물을 쭈욱 들이켰다.

"망할. 도대체 왜 그런지 말도 못했어."

"어떻게 우리한테 그럴 수가 있어?"

"어떻게 그럴 수가 있지? 솔직히 우리에게 무슨 힘이 있다고."

엄밀하게 말하면 군대에 그들이 기생하는 거지, 군대가 그들에게 기생하는 것은 아니다. 무슨 사정인지 모르지만 그쪽에서 외출, 외박을 막는다면 그들은 뭐라고 할 수가 없다.

"다만 사람 잘못 건드렸다고만 하던데?"

"사람을 잘못 건드려?"

다들 고개를 갸웃하는 그때였다. 서 씨라고 불린 부동산업자가 혹시나 하는 마음에 입을 열었다.

"그러고 보니 그 상가를 계약한 사람 말이야."

"응."

"한 명인데?"

"한 명?"

"그래, 서울에서 온 변호사인가 뭔가 하는……."

그 말을 들은 상인들은 자신도 모르게 등골이 오싹해지는 느낌을 받으면서 부르르 떨었다. 얼마 전 쫓아낸 사람이 기억난 것이다.

"혹시 그 사람 이름이……."

"노…… 노…… 노 뭐라고 했는데."

"노형진!"

"맞다! 노형진! 그 인간!"

노형진이라는 말에 다들 고개를 끄덕거렸고 몇몇은 잽싸게 인터넷에 검색하기 시작했다.

잠시 후 그들은 그걸 보면서 사색이 되었다.

"이런 젠장."

인터넷에 떠 있는 노형진의 현역은 이루 말할 수 없을 정도로 화려했던 것이다.

"설마 군대도 그 녀석이 손쓴 거 아냐?"

"설마?"

"안 그러면 장군이 우리를 만나는 걸 꺼릴 리 없잖아?"

군과 민이 전혀 다른 세계에 살고 일종의 불가침이라고 할

지라도 지역민의 대표가 만나자고 하면 만나 주는 것이 보통이다. 가끔 무슨 일이 있으면 군을 동원해서 복구를 도와주기도 하는 만큼 그다지 나쁜 관계는 아니었다.

그런데 이번에는 이상했다. 바쁘다면서 아예 위병소에서 들어가지 못하게 했던 것이다.

"이런 씨발…… 설마…….'

"하지만 설마라고 하기에는 공교롭잖아."

"이런 젠장…… 그럼 어쩌지?"

당장 돈이 벌리는 상황이다. 물론 외박이나 외출을 영원히 막을 수 있는 건 아니니 언젠가는 풀리겠지만 그때쯤이면 체인점들이 문을 열고 손님을 받을 것이다. 그렇게 되면 상식적으로 비싸고 맛없는 그들의 가게에 파리가 날리게 될 건 당연한 일.

"젠장, 이걸 어떻게 해서든 막아야 합니다."

"무슨 수로요?"

체인점은 단순히 여기에 경쟁 상대가 생기는 것 정도의 문제가 아니다. 체인점에서 번 돈은 이 지역에서 도는 게 아니라 본사로 올라간다. 그렇게 되면 이 지역의 돈은 점점 마르게 된다. 그리고 수익도 이 지역 사람이 아닌 노형진에게 가게 된다. 결과적으로 이 지역 자체가 가난해지는 것이다.

"가서 따집시다!"

결국 그들은 폭발해서 우르르 움직이기 시작했다.

"내가 왜요?"

"상생해야 할 거 아닙니까! 상생을!"

노형진은 피식 웃었다. 상생이라는 것을 모르는 사람이 상생을 말하는 것이 웃겼기 때문이다.

"그래서요? 법적으로는 아무런 하자도 없습니다만?"

"법적으로 아무리 하자가 없다고 해도……."

"그러니까 그냥 가세요."

노형진이 하는 말에 상인들은 똥줄이 타는 느낌이었다. 하루하루 손님이 줄어 가는 게 빤히 보이는데 체인점들이 개업하면 당연히 망할 수밖에 없는 상황.

결국 그들은 두 손 두 발 다 드는 것 말고는 방법이 없었다.

"포기할게요."

"뭘요?"

"그 녀석들에게, 아니 그 애견 번식소에 짬 주는 거 포기하면 될 거 아닙니까?"

"그게 포기하는 사람의 자세는 아닌데요? 말만 그렇게 하는 거, 모를 줄 압니까?"

상인회장은 움찔했다.

"그 순간만 넘어가려고 하는 걸 내가 모를 거라 생각했습니까?"

당장 그 순간만 넘어가면 노형진은 신경을 끌 테니 당연히 다시 팔 수 있을 거라 생각했다. 하지만 노형진은 이미 그들이 그런 생각을 하고 있다는 것을 알고 있었다.

"젠장, 그럼 어쩌란 말입니까?"

"공증해 주시죠."

"공증?"

"네, 똑같은 짓을 하게 되면 민사적 손해배상을 한다는 공증 말입니다."

"그건……."

"물론 아예 영원히 하지 말라는 건 아닙니다. 상대방 업체가 정상적인 곳이라면야 우리도 말리지 않습니다."

"……."

"하지만 그곳은 영 아니잖습니까?"

노형진의 생각에 그곳의 상황을 다른 사람들이 모를 리 없었다. 아니나 다를까, 상인들은 서로 눈치를 보면서 입을 열지 못했다.

"당신들에게는 돈 몇 푼일지 모르지만 누군가에게는 가족을 잃는 슬픔을 느끼게 만드는 일입니다. 여기 있는 분들 중에서 개나 고양이를 키우시는 분도 있을 텐데요."

아무런 말도 하지 못하는 사람들.

"난데없이 그 애가 죽었다면 어쩌실 겁니까? 더군다나 그게 누군가의 욕심 때문에 그렇게 죽을 수밖에 없는 상황이었다면? 그것도 모르고 당신은 정을 줬다면?"

그 말에 몇몇은 고개를 숙였다.

"하지만 그들이 없다면 누가 그걸 처리합니까?"

누군가 퉁명스럽게 말했다. 아마도 애완동물을 키워 본 적이 없는 사람일 것이다.

"그들이 사라지면 다른 곳이 생기기 마련입니다. 안 생기면 당신들이 그 근처에 돼지 농장 하나 운영하는 것도 가능합니다. 대안이 없는 게 아닙니다. 그냥 대안을 찾기 귀찮은 거지."

"......"

"선택하십시오. 대안을 찾으시겠습니까? 아니면 그냥 체인점을 오픈할까요?"

결국 그들은 두 손 두 발 다 들고 항복할 수밖에 없었다.

⚖

"어떻게 항복할 거라 아셨어요?"

"결국 남들은 등쳐 먹고 살던 사람입니다. 그 탐욕을 이기진 못하지요."

노형진은 수거되는 체인점 오픈 천막을 보면서 피식 웃었다. 사실 체인점 자체가 존재하지 않았다. 애초에 노형진이 십여 개나 되는 체인점을 오픈할 만큼 시간이 넉넉한 것도 아니고 말이다. 당연하게도 이건 그저 '뻥 카드'였다. 주인을 만나서 한 달 정도 빌린 것이 다였다. 그 비용은 얼마 되지 않으니까.

"그나저나 서 씨 아저씨가 잘해 주셨습니다."

"에헤헤, 사실은 그 녀석들이 저도 마음에 안 들었거든요."

부동산 업자 서 씨는 씩 웃었다. 사실 서 씨 역시 개를 세 마리나 키우는 애견가였다.

"더군다나 그 녀석들 때문에 저도 피해가 많아서요."

"피해요?"

"네, 그 새끼들 때문에 주변 땅이 거래가 안 돼요."

"하긴 그렇겠네요."

그 땅 주변에 엄청난 냄새가 나고 제대로 처분되지 않는 분뇨로 인해 오염도 심각할 테니 당연히 거래될 리 없었다.

"사실 이 근처에 돼지 농장이 몇 번이나 생길 뻔했어요."

"그랬을 겁니다."

짬을 받을 수 있는 곳이 두 곳이나 존재하는 이곳에 돼지 농장이 생기지 않는 것은 이상한 일이다.

"그런데 저 망할 녀석들이 언제나 문제였죠."

돼지는 생각보다 깨끗한 동물이다. 돼지 농장이 생길 수 있는 땅은 기껏해야 그 애견 번식소 주변이다. 문제는 그런 식으로 제대로 관리되지 않으면 엄청난 양의 파리가 발생한 다는 것이다. 그리고 그 파리는 높은 확률로 주변 농장에 병을 퍼트린다.

"그 때문에 돼지 농장이 생기지 못했죠. 몇 번이나 거래

기회가 있었지만."

"저 녀석들이 문제였군요."

"네."

그 결과 주변에 있던 농장들이 하나둘씩 다 떠나 결과적으로 그 주변은 버려진 땅이 되었다.

"거래를 먹고사는 저로서는 피해가 컸지요."

그래서 노형진의 말에 수긍하고 도움을 준 것이다. 노형진이 한 달 정도만 그곳을 빌려 가짜 천막을 걸자, 그는 체인점 입점을 준비 중인 것처럼 소문을 퍼트렸다.

"뭐, 저 녀석이 없어지면 좀 나아질 겁니다."

그때는 군대에서도 음식점들도 제대로 된 곳에 짬을 팔 수 있을 것이다.

"그런데 이런다고 저 녀석이 포기할까요?"

"그럴 리가요."

노형진은 그곳을 바라보았다. 이렇게 한다면 장기적으로는 포기할지 모르지만 단기적으로 봤을 때는 포기하지는 않을 것이다.

"다른 방법을 써야지요. 이런 말이 있지 않습니까? 미친개에게는 몽둥이가 약이다."

"그럼?"

"이제는 몽둥이질을 시작해야지요."

미친개, 아니 놈에게는 몽둥이가 약

"이런 씨발!"

목화애견센터의 주인인 개강구는 이를 바득바득 갈고 있었다.

"또?"

"안 된답니다. 어쩌죠? 비축한 사료도 다 떨어져 가는데요."

"이 새끼들이 미쳤나?"

그동안 개강구는 애견을 번식시킬 때 쓰는 먹이를 짬으로 해결하고 있었다.

사실 개에게 짬을 먹이는 것은 좋은 일이 아니다. 인간이 먹는 음식들은 개가 먹기에 염분도 너무 많고 나쁜 성분도 있기 때문이다. 하지만 그와는 상관없는 일. 어차피 모견이 죽으면 팔리지 않고 들어오는 개 한 마리 앉혀 놓으면 그만이었기 때문에 신경 쓰지 않았다. 그런데 주변에 있던 부대도, 주변의 상가도 음식물 쓰레기를 넘겨줄 수 없다고 통보한 것이다.

"염병…… 이 새끼들 왜 이래?"

"모르겠습니다."

음식물 쓰레기를 먹이지 못해 평소 먹던 사료값의 무려 여섯 배나 들어가고 있다. 그동안 박리다매로 밀어붙여 오던 개강구였기 때문에 이렇게 돈이 들어가면 싼 가격에 넘겨줄 수가 없었다.

"닝기미……."

"개들을 좀 줄일까요?"

"그러면 돈은 어디서 벌어 오는데?"

"……."

"망할, 어쩌지?"

그나마 다행인 건 그동안 벌어 둔 돈이 있기 때문에 아직은 버틸 만하다는 것이다. 하지만 이것도 오래가지 못한다.

"젠장, 망할. 도대체 왜들 그러는 거야?"

개강구는 얼굴을 찌푸리면서 자리에서 일어났다. 일단은 돈을 벌어야 하니 가야 한다.

"일단 나갔다 온다."

"네, 형님."

"개새끼들 잘 관리하고 먹는 것 좀 줄여라."

"네, 형님."

그가 그렇게 바깥으로 나간 지 얼마나 갔을까?

애애앵.

그의 등 뒤로 오는 차량이 하나 있었다. 개강구는 고개를 갸웃하면서 멈췄고 그곳으로 경찰차가 다가왔다.

"윽."

경찰은 다가오다가 말고 코를 막았다. 차에서 나는 심각한 냄새 때문이었다.

"무슨 일 때문에 그렇습니까?"

"음……."

경찰은 이리저리 보더니 갑자기 사진을 찍더니 뭔가를 적어서 내밀었다.

"벌금? 아니, 왜요? 이유도 없이 왜 벌금을 내라는 거예요?"

과속한 것도, 신호를 어긴 것도 아니다. 그런데 딱지라니? 그는 이해할 수가 없었다.

"차 상태를 보고 말하시죠."

"차 상태?"

차 상태는 멀쩡했다. 물론 냄새가 좀 나고 더럽기는 하지만 말이다.

"멀쩡한데요?"

경찰은 냄새가 심했는지 거리가 좀 있는 곳으로 가서 외쳤다.

"차 번호판 말입니다! 번호판을 가리고 다니는 건 위법입니다!"

"번호판?"

고개를 갸웃하면서 차를 살핀 개강구는 얼굴을 찌푸렸다.

"니미……."

분노가 철철 넘치다 보니 차가 움직일 때마다 번호판에 붙어서 이제는 거의 가리는 상태였던 것이다.

"닦을게요. 닦으면 되잖아요."

"아, 딱지 벌써 나갔으니까 소용없고요. 다음부터는 차를 좀 닦고 다니세요."

경찰은 냄새를 못 버티고 서둘러서 떠나 버렸다.

개강구는 그 자리에 서서 얼굴을 찌푸릴 수밖에 없었다.

"니미……."

⚖

"씨발, 씨발……."

개강구는 툴툴거리면서 가게로 향했다. 그러나 곧 얼굴이 붉어질 수밖에 없었다.

"뭐야?"

그가 거래하던 애견 분양소 앞에 시위하는 사람들이 있었던 것이다. 그들은 애견 분양소 앞에 사진을 걸어 두고 전단

지를 나눠 주면서 캠페인 비슷한 것을 하고 있었는데 그 제
목이 너무 웃겼다.

건강한 가족을 맞이합시다

휘날리는 플래카드 아래에 있는 사진들. 그건 아무리 봐도
그의 애견 번식소였다.
"이게 뭐하는 짓거리야!"
그가 화내자 사람들의 시선이 그에게 향했다.
"뭐하는 거냐니요?"
최종성은 천연덕스럽게 물었다. 물론 개강구의 입장에서
는 화가 날 수밖에 없는 일이었다.
"누가 이런 짓 하라고 했어!"
"정부에서 허가받은 건데요?"
"뭐?"
"정식으로 정부의 허가를 받은 캠페인입니다."
시위가 아닌 캠페인인지라 어렵지 않게 허가받은 것이라
최종성이 하고 있는 것이다.
"뭐라고? 이 미친 새끼가!"
누가 봐도 그의 애견 번식소다. 그런데 그걸 늘어놓고 장
사하는데 누가 거기서 개를 사 간단 말인가.
"이 새끼가 증말 미쳤나!"

버럭버럭 화내는 개강구.

"너 이 새끼들, 이따가 두고 보자."

그는 이를 바득바득 갈면서 가게 안으로 들어갔다. 그런데 평소와 다르게 사람들의 시선이 차가웠다.

"어, 사장님?"

그가 안으로 들어가려고 하는 그때였다. 안쪽에서 연락받은 사장이 먼저 나오는 것이 아닌가?

"안 그래도 전에 말씀하신 푸들 가지고……."

"필요 없네."

"네?"

"필요 없다고 했네."

"아니, 사장님, 그게 무슨 말씀이십니까? 푸들이 필요하다고 하지 않으셨습니까?"

"그거야 사정을 몰랐을 때의 이야기지."

애견 센터를 운영하는 사람들은 두 가지 타입이 있다.

하나는 돈 때문에 하는 것이고 나머지 하나는 진짜로 개를 좋아해서 하는 것이다. 그리고 개를 좋아해서 시작한 그가 목격한 현실은 인정하고 싶지 않은 참혹한 현실이었다.

"더 이상 오지 말게."

"네?"

"우리의 거래는 끝났네."

"하지만……."

"시끄럽네."

개강구는 결국 얼굴을 찌푸리면서 바깥으로 나왔다. 아무리 해도 결국 뒤집힌 거래를 회복할 수는 없었기 때문이다.

그런 그의 눈에 들어온 것은 한창 캠페인 중인 사람들의 모습이었다.

"이 새끼들아!"

"아니, 이봐요! 뭐하는 거예요!"

"닥쳐, 이 새끼들아! 누굴 죽이려고 작정했어!"

그는 순간 화가 치밀어서 사진이 걸려 있는 액자들을 닥치는 대로 부수기 시작했다.

"이 씹 새끼들아!"

"이봐요! 그만두지 못해요!"

"같이 죽자며! 같이 죽자!"

그가 그렇게 발악하는 그때였다.

"저거 잡아!"

누군가의 소리에 고개를 돌려 보니 아는 얼굴이 있었다. 아까 딱지를 뗀 그 경찰이었다.

"당신은?"

"이 새끼, 아까 딱지로 봐줬더니!"

그는 당장 수갑을 꺼냈다.

"당신을 재물 손괴 현행범으로 체포합니다."

개강구의 얼굴이 사정없이 일그러지기 시작했다.

"형님, 수고하셨습니다."

며칠 뒤, 그는 벌금을 내고 나왔다. 그나마 다행인 것은 사람을 때리지 않아서 폭행까지 가지 않았다는 것이다. 조금만 경찰이 늦게 왔다면 누군가 때렸을지도 모르니 구속되었을 수도 있다. 말 그대로 천운이었다.

"젠장, 망할 놈. 지금 상황이 어때?"

"거래처들이 떨어져 나가고 있습니다."

"뭐? 경찰에 신고는 했어?"

"했습니다만, 합법적인 캠페인은 막을 수 없다고……."

"니미."

상식적으로 캠페인의 주제가 반사회적인 것도, 불법적인 일을 조장하는 것도 아니다. 그러니 정부에 신고하면 허가해 줄 수밖에 없다. 그런데 상식적으로 개를 공급받는 애견 분양소에서 싼 가격으로 공급하는 업체가 있고 자기 가게에서 캠페인을 하는데 눈치채지 못할 리 없다.

"그리고 회사에도 문제가 생겼습니다."

"회사?"

"그렇습니다."

"무슨 문제?"

"그게……."

부하는 한참 고민하다가 결국 입을 열었다. 이대로 아무 말도 하지 않을 수는 없으니까.

"애들이 다 끌려갔습니다."

"다 끌려가다니?"

"직원들이 죄다 추방당했습니다."

개강구는 걸어가다가 휘청했다. 그만큼 충격적인 말이었기 때문이다.

"그게 무슨 개소리야?"

"바깥에 나갔다가 단속반을 만났습니다."

"뭐? 단속반이 뭐가 아쉽다고 이런 깡촌까지 오냐?"

"그, 그건 잘……. 하여간 단속반을 만나서 현장에서 끌려갔습니다."

터무니없이 작은 임금, 최악의 근무 환경. 사람이라고는 할 수 없는 짓거리들. 한국 사람들은 그곳에서 일하려고 하는 사람이 없었다. 그래서 그가 구한 사람은 다름 아닌 조선족이었다.

물론 조선족들도 그곳에 일하는 것을 싫어하기는 했지만 일단 데리고 오자마자 여권을 빼앗아 버리면 어찌할 수가 없었다. 더군다나 반쯤 농담 삼아 하는 말이기는 하지만 돼지와 중국인을 함께 두면 돼지가 더럽다고 나간다고 할 만큼 그들은 더러움에 대해서는 강한 편이기 때문에 어느 정도 익숙해지면 불만이 없었다.

"그 새끼들이 왜 나가?"

"형님이 안 계시니까."

"이런 씨발!"

문제는 대부분 불법 체류자인 데다 그가 여권마저 빼앗아 버렸으니 당연히 나가지 못하게 했다는 것이다 그런 상황에서 걸렸으니 당연히 추방 결정이 내려질 수밖에.

"젠장. 아니, 왜 이렇게 안 좋은 일이 계속 터지는 거야?"

"형님."

"또 왜!"

"그리고 또……."

"또?"

"보신탕집이 영업정지를 먹었습니다."

"뭐!"

그는 귀를 의심할 수밖에 없었다. 보신탕집은 현재 수중에 남아 있는 유일한 현금 구멍이나 마찬가지였다. 그런데 영업 정지라니?

"무슨 개소리야! 거기가 왜 정지를 먹는데?"

"그게…… 누가 도살하는 걸 찍어서 신고했습니다. 그래서 동물 보호법 위반으로……."

"뭐!"

개들과 소들은 법적으로 도살 방법이 정해져 있다. 하지만 아직까지 개는 도살 방법이 정해져 있지 않다. 그래서 그중 가장 많이 쓰는 방법이 패 죽이는 것이다. 그래야 고기가 야들야들해진다는 속설이 있기 때문이다.

"죄송합니다, 형님."

"이런 씨바아알!"

그는 절망적으로 소리 질렀다.

"좋네."

노형진은 발악적으로 소리 지르는 개강구를 보면서 피식 웃었다.

"이런 방식도 있군요."

"결국 돈이 목적이니까요."

최종성과 동물보호협회는 언제나 정공법으로 막으려고 했다. 하지만 그게 될 리 없다. 당연히 대부분 실패할 수밖에 없다.

"결국 이런 기업적 학대 행위의 최종 목적은 돈입니다. 개개인의 학대와는 다르죠. 당연히 돈줄만 조이면 별수 없죠."

"헐."

그동안 목화애견센터 문제는 여러 번 이야기가 나왔다. 하지만 어떻게 법적으로 할 수 없다는 게 결론이었다. 그런데 노형진은 본진 쪽은 그냥 두고 말 그대로 돈이 나오는 구멍

만을 말려 죽인 것이다. 한 명이 따라다니면서 조금만 위법 행위를 하면 무조건 경찰을 부르거나 신고하고 그가 거래하는 곳 앞에서 캠페인을 하는 식으로 조금씩 말려 가면 그는 버틸 수가 없다. 정상적으로 운영되던 기업체가 아니다 보니 보호받지 못하는 것이다.

"결과적으로 저 녀석이 취할 수 있는 방법은 아무것도 없을 겁니다."

"그럴까요?"

"그럼요. 이제는 돌아갈 곳도 없을 테니까요."

"돌아갈 곳이 없다니요?"

"그 녀석이 할 수 있는 행위가 뭐가 있을까요?"

"네?"

"저 녀석이 할 수 있는 행위가 뭐가 있느냔 말입니다."

"글쎄요?"

최종성은 고개를 갸웃했다. 하지만 노형진은 알고 있었다.

"저 녀석이 할 수 있는 건 하나뿐입니다. 다만…… 그 과정에서 그다지 좋은 꼴은 못 본다는 것인데."

"도대체 뭔데요?"

노형진은 지금 벌어질 일을 말했다. 그리고 그 말을 들은 최종성은 사색이 되었다.

"그, 그런……."

"막고 싶습니까?"

"그렇지만……."

"네…… 막고 싶지만 그럴 수가 없죠."

노형진은 안타까운 눈으로 하늘을 바라보았다.

"애석하게도 이 세상의 모든 것을 구할 수는 없으니까요. 다만 이 세상이 지옥이라면 차라리 죽음이 구원이 될 수도 있겠지요."

노형진은 슬픈 눈으로 하늘을 바라볼 뿐이었다.

⚖

"젠장."

자금은 바닥을 치고 있었다. 불법 체류자를 고용한 벌금에 개인적인 벌금, 떨어져 나가는 거래처 거기에다 보신탕집의 벌금까지 모든 것이 압박이 되고 있었다. 그중에서 가장 큰 부담은 다름 아닌 사료값이었다.

"형님, 사료가 떨어졌습니다."

"뭐, 벌써?"

"형님, 개가 몇 마리인데요. 아무리 적게 줘도……."

"씨발!"

그는 이를 빠득빠득 갈았다. 개는 팔 수 없는데 계속 태어나고 있었고 사료는 계속 들어가고 있었다.

"처분하자."

"네?"

"처분하자고!"

"어디다가요?"

"어디긴! 파묻어야지!"

"헉! 형님, 그러면 나중에는요?"

그는 얼굴을 찌푸렸다.

"대충 유기견 모으는 곳에서 나중에 사 오면 된다. 젠장, 일단 많이 처먹는 대형 견종부터 처분하자."

"네, 형님."

그들은 언제나 하는 일이었기 때문에 능숙하게 움직이기 시작했다. 전이라면 다른 사람을 썼을 테지만 이제는 사람이 없기에 개강구는 직접 움직여야 했다.

"욱, 씨발."

냄새가 난다는 건 알고 있었지만 잠깐 구치소에 들어가 있던 사이에 코가 예민해진 것인지 구역질이 나서 못할 지경이었다.

"빨리빨리 하자."

"네."

그는 개밥에 독극물을 섞고는 마구 비벼서 대형 견종이 있는 우리에 밀어 넣었다. 냄새가 이상할 만하건만 굶을 대로 굶은 녀석들은 정신없이 그걸 먹기 시작했다.

캑!

깨갱.

잠시 후 그 먹이를 먹은 개들은 사지를 부르르 떨더니 축 늘어졌다. 그러자 개강구와 그의 부하는 개들을 차에 실어 올리고는 시동을 걸었다.

"망할, 드럽게 무겁네."

개강구는 툴툴거리면서 시동을 걸었고 그대로 어디론가 가기 시작했다. 그런 그들을 누군가 지켜보고 있었다.

⚖️

"젠장, 이 짓도 그만해야 하나?"

개강구는 죽을 맛이었다. 더 이상 버틸 수 있는 곳이 없었기 때문이다.

"남은 녀석들은 죽여 버리고 뜰까?"

그가 그렇게 말하면서 심각하게 고민하는 그때였다.

"형님! 형님! 큰일 났습니다!"

헐레벌떡 들어오는 부하 녀석. 개강구가 무슨 일이냐고 화내기도 전에 그를 따라 들어오는 남자들.

"개강구."

"당신들, 뭐야?"

그러자 그 남자들은 개강구에게 뭔가를 내밀었다.

"영장이다."

"영장?"

"체포 영장."

"아니, 또 왜! 씨발. 왜 나만 가지고 그래!"

경찰들은 코웃음을 쳤다.

"폐기물 관련 법률 위반에 동물 학대에 그리고 약물법까지 위반했잖아."

"무슨 소리야!"

그러자 사진을 던지는 경찰. 거기에는 개강구의 그의 부하가 어딘가에 열심히 개들을 파묻고 있는 장면이 있었다.

"아, 그리고 사유지 불법 침입도 있지."

"뭐?"

"야산이라고 해서 주인이 없는 거 아니다."

개강구와 부하는 죽은 개들을 모조리 어느 이름 없는 야산에 파묻어 버렸다. 당연히 산 주인의 동의를 얻었을 리 없다.

"야, 체포해!"

"잠깐! 야! 씨발, 놔 봐! 야!"

그는 발악했지만 이미 수갑은 채워진 뒤였다.

그가 끌려 나올 때 멀리서 그를 바라보는 시선들이 있었다.

"허."

골칫덩어리 하나가 이렇게 허무하게 사라진다는 사실에 최종성은 신기함을 감추지 못했다. 아무리 노력해도 안 되던 일이었다. 그런데 순식간에 그가 끌려가 버린 것이다.

이것이 삶이다

"역시 대단하시군요."

"별말씀을요."

노형진은 끌려가는 그를 보면서 찹찹하게 입맛을 다셨다.

'좋은 기분은 아니네.'

어찌 보면 복수를 위해 자신의 지식을 쓴 첫 번째 사건일지도 모른다. 그래서 그런지 전처럼 시원하기만 하지는 않았다.

'좋게 생각하자. 저 녀석이 계속했다면 도대체 얼마나 많은 사람들이 마음의 상처를 얻었겠는가?'

그는 애써 그렇게 생각했다.

"그나저나 저 개들은 어쩌죠?"

이은영 변호사는 답답한 듯 말을 꺼냈다. 최종성도 한숨을 내쉬었다.

"솔직히 모르겠습니다. 최대한 구해 보겠습니다. 입양처도 알아보겠습니다만……."

결국 한두 마리도 아니고 수백 마리를 다 구할 수는 없다. 더군다나 대부분의 개들이 극단적인 상황에 있었기 때문에 상태가 좋다고 말할 수는 없는 노릇.

"그나마 태어나는 새끼들은 어찌 구할 수 있을지도 모릅니다만……."

강아지들은 태어난 후 적당한 조치만 받을 수 있다면 살아남을 수 있을 것이다. 하지만 대부분의 모견은 그럴 가능성이 거의 없다.

"때로는 어쩔 수 없는 것도 있는 법이지요."

노형진도 이건 어쩔 수가 없었다. 수천 마리의 개들을 모두 구할 수는 없었다.

"너무 불쌍해요."

이은영 변호사는 눈물을 감추지 못했다.

그녀도 알고 있었다. 구하지 못한다는 것. 그건 다름 아닌 안락사를 뜻한다.

그 마음을 아는지 최종성은 애써 그녀에게서 시선을 돌리면서 하늘을 바라보며 중얼거렸다.

"좋게 생각하세요. 이런 지옥에서 사느니 차라리 죽는 게 나을지도 모릅니다."

"글쎄요……."

노형진은 차마 그 답에는 대답할 수가 없었다.

⚖️

"너희 어머니가 좋아하는구나."

"다행이네요."

노형진은 두 마리의 강아지들을 예뻐하는 어머니를 보면서 미소를 지었다.

"그나저나 이 아이들은……."

걱정스럽게 말하는 노형진의 아버지. 하지만 노형진은 그런 아버지를 진정시켰다.

"다 검사했어요. 저 아이들은 괜찮아요."

"그래?"

"네."

아버지의 얼굴에 안도의 빛이 스쳤다.

그곳에서 살아남은 개들은 최대한 분양하고 있었다. 노형진은 그곳에서 자신의 집에서 죽은 개들의 모견을 찾으러 갔다가 아직까지 살아남은 두 마리를 데리고 올 수 있었다. 애석하게도 모견은 더 이상 구할 수 없었지만 말이다.

"그럼 그곳은 어떻게 되는 거냐?"

"폐쇄당할 거예요. 어차피 안 한다고 해도 영업할 수는 없겠지만요."

동물보호협회는 추가적인 증거를 들이밀면서 개들의 소유권을 포기하기를 요구했고 개강구는 더 이상 형을 늘리기 싫어 어쩔 수 없이 소유권을 포기했다. 어차피 감방에 있으면 죽어 나자빠질 놈들이기 때문이다. 괜히 버티다가는 형량은 형량대로 늘어나고 또 감옥에서 나가고 난 후에 사체는 사체대로 막대한 돈을 주고 치워야 하기 때문에 눈치 빠르게 포기한 것이다.

"아마 팔겠죠."

"그럼 이제는 그런 곳이 없을까?"

노형진은 씁쓸하게 웃었다.

"아니요."

그럴 리 없다. 한국 어딘가에는 그런 곳이 있을 것이다. 그나마 다행인 것은 그의 방식을 배운 동물보호협회가 좀 더 효율적으로 막을 수 있을지도 모른다는 것.

"뭐, 나아지기를 기도해야지요."

노형진이 할 수 있는 것은 그것뿐이다. 이로써 그가 할 수 있는 것은 다 한 셈이었다. 하지만 찝찝한 마음은 어쩔 수가 없었다.

'처음부터 끝까지 왠지 찝찝한 사건이었어.'

노형진은 활기차게 뛰는 두 마리의 강아지들을 보면서 찝찝함을 집어삼킬 수밖에 없었다.

다음 권으로 이어집니다

꿈의 도약, 로크에서 하십시오
(주)로크미디어에서 신인 작가를 모십니다

즐거운 세상, 로크미디어는 꿈을 사랑하고 도전을 두려워하지 않는 작가 분들의 참신한 작품을 기다리고 있습니다. 21세기 장르 문학계를 이끌어 갈 차세대 선두 주자 (주)로크미디어에서 여러분의 나래를 활짝 펴 보시길 바랍니다.

모집 분야 판타지와 무협을 포함한 장르 문학
모집 대상 아마추어 작가, 인터넷 작가
모집 기한 수시 모집

작품 접수 시 유의 사항
1. 파일명은 작가명_작품명.hwp형식을 갖춰 주십시오.
1. 파일에 들어갈 내용은 다음과 같습니다.
   - 성명(필명인 경우 실명을 밝혀 주세요), 연락처, 이메일 주소
   - 제목, 기획 의도
   - A4용지 1장 분량의 등장인물 소개
   - A4용지 2장 분량의 전체 줄거리
   - 본문
1. 작품이 인터넷에 연재되고 있다면, 게시판명과 사이트의 구체적이고 정확한 주소를 기재해 주십시오.

선택된 작품은 정식 계약 후 출판물로 간행되어 전국 서점에 유통됩니다.
작가 분은 (주)로크미디어의 전폭적인 지원하에 전속 작가로 활동하시게 됩니다.
※ 자세한 내용은 로크미디어 홈페이지(rokmedia.com)를 참조하세요.

(03920)서울시 마포구 성암로 330 DMC첨단산업센터 3층 314호
(주)로크미디어 편집부 신간 기획 담당자 앞
전화 : 02 - 3273 - 5135
www.rokmedia.com   이메일 : rokmedia@empas.com

No.5

이해날 장편소설

스트라이커

IT'S SHOW TIME!
'미친 전차' 오철영이 펼치는 기상천외한 역전 스토리!

언제나 막말로 트러블을 일으켜
안티를 급증시키던 축구 천재 오철영
계획적인 린치로 선수로서의 생명을 잃고 좌절하던 중,
선행할수록 부상을 회복하는 능력이 생긴다!

복수를 꿈꾸며 팔자에도 없는 선행을 하는 한편
최하위 구단인 수원 타이거즈에 들어가
도박 중독인 구단주와 목숨을 건 내기를 하는데……

복수를 위해서라면 스포츠 도박도 불사한다!
세계를 배경으로 벌어지는 초대형 복수극, START!

ROK
MEDIA

강철

흑신마 퓨전 판타지 장편소설

마왕

『백염의 심판자』, 『타격왕 강현수』
흑신마표 강력 판타지!

불우한 사고로 식물인간이 된 소년 강철
영혼 차원 이동 프로젝트에 선발되어
외계 프로그램 베타의 도움으로
강력한 힘의 열쇠를 가지고 소생하다

뱀파이어의 권능 불사, 지배!

몬스터들의 힘을 흡수하며
막강한 힘을 부리게 된 그의 목표는 단 하나
강해지고 싶다, 끊임없이 강해지고 싶다!

드래곤조차 그의 발판일 뿐!
강함의 한계를 초월한다!
순수 강强 주인공 등장!